目　次

EPISODE 1

ゴミ屋敷

二〇〇六年三月六日、月曜日。

新たな人生がこれから始まろうとしているなど、まだ知る由もないこの日の朝は、極々普通であった。

六畳の寒くて狭い部屋の隅に置かれたベッドから飛び上がるようにして目覚めた荻原健《おぎわらけん》太郎《たろう》は、眠い目をこすりながら目覚まし時計を確認する。

午前十一時三十分。いつも七時半にセットしていたのだが、昨日の夜、解除した。そのため、こんな時間まで寝てしまっていたのだ。

上半身を起こした状態から動けない健太郎はあくびを一つ。しばらく毛布から出たくない。

まだ夢の中だろうか？　インターホンの音と、自分の名前を呼ぶ声が聞こえてくるが……。

まるで頭に水をかけられたかのように、ボーッとしていた健太郎は急いで起きあがり玄関に向かった。薄い木の扉を開くと、外には帽子を被《かぶ》った若い男が立っていた。地面には、大きな段ボール箱。

「は、はい」

パジャマ姿にボサボサ頭の健太郎に少し驚いた様子を見せた男は、

「荻原さんのお宅ですか？」

と尋ねてきた。

「はい。そうですけど」

「宅配便です。ハンコかサインお願いします」

「じゃあ……サインで」

健太郎は男からボールペンを受け取り、伝票にサインした。

「では、こちらになります」

男は重そうな荷物をたたきに運んでくれた。

「ど、どうも」

「ありがとうございました！」

力のこもった挨拶《あいさつ》を残し、男は去っていった。扉を閉めた健太郎は、段ボールに貼られてある伝票を確認する。

「やっぱそうか」

予想はついていた。高知で一人暮らししている母からだ。中身も想像はつく。

健太郎はその場でガムテープを剝《は》がし蓋《ふた》を開けた。無意識のうちに笑みを浮かべていた。中には袋に入った讃岐《さぬき》うどんや、スーパーで買ったと思われる十キロの米。そして、いくつかのスナック菓子。

「もう子供じゃないって」

突然、テーブルに置いてある携帯電話が鳴り出した。誰からだろうと液晶を見ると、『母』と表示されていた。部屋を覗《のぞ》かれているのではないかと思うくらい、良いタイミングだった。

「もしもし？　母ちゃん？」

いつもと変わらぬ穏やかな声が返ってきた。

「健太郎？　もうお昼休みかえ？」

しまった、と健太郎は渋い顔を浮かべる。

「いや……今日は休みをもらったんだ。一流企業だから毎日毎日忙しいだろ？　だからさ。有休ってやつよ」

「そうかえ。それは良かったわ。たまには身体休めんと。なんぼ期待されとっても倒れたら元も子もないんやから」

「分かってるって」

健太郎は仕事の話題を避けた。

「あ、そうそう。ちょうど今、荷物届いたところなんだ」

「いや、そうかえ。思ったより早かったねえ」

「いつもいいって言ってるのに。母さんだって大変だろ？　こっちは大丈夫だよ。結構、給料もらってるんだから。それにさ、お菓子はもういいって。子供じゃあるまいし」

「昔はおいしいおいしい言うて食べてたでしょうがね」

「昔と今は違うんだよ。俺はもう大人なんだ」

「都会に住むだけで、言葉遣いだけやのうて、言うことも変わってくるんかねえ」

「都会は関係ないって」

「東京へ行ったきり一度も帰ってこんし」

「忙しいんだよ。それに……今大きなプロジェクトを任されてるから」

「母ちゃんがそっち行こうか？」

その言葉が一番ヒヤリとする。健太郎は強い口調で拒否した。

「いい！　俺のことは大丈夫。だから心配しないで。また、電話するよ。じゃあ」

母に喋《しゃべ》る間を与えず健太郎は電話を切った。段ボール箱を見つめながら溜息《ためいき》を吐き、母に申し訳なさを感じた。

全部嘘だ。母は、息子のことを信じているというのに……。

二年前、健太郎は一流企業に就職が決まり東京へ出てきた。だが、一年もたたないうちに辞めてしまった。アパレル関係の仕事だったのだが、思っていたよりも刺激がなく、ただこき使われるだけの日々が続いた。

こんなはずじゃなかった。憧《あこが》れの東京で仕事して出世して大金持ちになって、母を楽させてやる。そんな夢を描いていたのに。

しかし今の生活はなんだ。会社を辞めて以来、ずっとアルバイト生活。安い給料で細々と暮らしている。だがもう限界なのかもしれない。半年間勤めていたビルの清掃員のアルバイトもアパレルと同じように飽きてしまい、昨日辞めてしまった。そのため、完全に収入が断たれた。

田舎へ帰ろうか……。

何度も何度もそう考えた。しかしここで帰ったらただの負け犬だ。それだけは嫌だった。かといって、やりたいことが何もない。力が湧いてこない。

二年も経つと、あの頃の自分を忘れている。

全てが新鮮だった。都会の景色を見ているだけで、気力がみなぎった。日本ではない別の世界に来たような、そんな感じだった……。

田舎から出てきた時に抱いていた野心はどこへいってしまったのか。今の自分が情けなさすぎる。

ロン毛に無精ひげにチャラチャラとした恰好《かっこう》。これがエリートの道を進んでいた男の姿か？

このままじゃ終われない。せめて、刺激のある仕事を探さないと……。

健太郎は再び、母から送られた段ボール箱に視線を移す。

遠く離れているとはいえ、陰で支えてくれていたのは母だった。言葉には出さないが、感謝している。母からの援助がなければ、とっくに高知に帰っていたはずだから。

「よし、負けてたまるか！」

気合いを入れた健太郎は、重い段ボール箱を抱きかかえ、台所に向かったのだった……。


十二時三十分。早速、母からもらったうどんで腹ごしらえをした健太郎は、携帯料金を払いにコンビニに出かけた。

請求書を店員に渡し、料金を払う。手持ちの金はもう五千円をきってしまった。昨日までのアルバイト代はまだまだ出ない。

日雇いの仕事をしてしのいでいくしかないか……。

「本当にマズイよな、このままじゃ」

と独り言を呟《つぶや》き、健太郎はトボトボと歩き出す。アパートには向かわず、良い仕事を探そうと駅の方に歩を進めた。

この時、健太郎はまだ想像もしていなかった。自分が、妙な世界に足を踏み入れることになるなんて。駅の方に進路をとったことで、運命が大きく変わってしまうなんて。だが、それは必然だったのかもしれない。清掃員のアルバイトを辞めた直後、『この仕事』に出会ったのだから。健太郎は、導かれたのだ……。

歩き始めて約十分。東京都町田駅まであと十分少々か。今のところ、目につくものは何もない。それどころか、住宅街に入ってしまった。駅に急ごうと、健太郎は歩調を速めた。その直後であった。健太郎は一旦《いったん》、歩くのを止めた。

あれは何だろうか？　電柱に気になる紙が貼ってあるのだ。興味を示した健太郎は電柱の前に立ち、黒いマジックで書かれた文字を読んだ。

「有限会社花田《はなだ》・あなたも何でも屋で働いてみませんか？　アルバイト募集……短時間で稼げます」

その下には住所と電話番号が記されてある。

「何でも屋？　何だこれ？」

どんな仕事なのだろうか？　文字通り、何でも引き受ける仕事か？　確かテレビで、『便利屋』という仕事があると聞いたことがあるが、そのようなたぐいか？

どんな依頼をされるのだろう？　全く見当がつかない。

いかにも怪しいが、健太郎の心は揺れていた。今回もアルバイトだ。たとえ働くことができたとしても苦しい生活が続くだろう。しかし、ずっと求めていた『刺激』はあるかもしれない。

電話、してみようか……。

でも、法にふれるような仕事だったらどうする？

「そんなはずないか」

だったらこんなところで募集していないだろう。

万が一の時は、逃げればいいし。

とりあえず、といった気持ちで健太郎はその場で連絡をしてみた。

ワンコール、ツーコール。それからもしばらく呼び出し音が続く。

立ち止まっていると余計寒さを感じる。冷たい風が容赦なく襲ってくるのだ。

「あ～寒い」

本当に営業しているのか？　いくら鳴らしても出ないではないか。

切るか。

携帯を耳から離そうとしたその時、男の愛想のない声が聞こえてきた。

「はい。何でも屋・花田です」

出た、と健太郎の身体が一気に硬直する。

「あ、もしもし……」

「はい」

「あの、アルバイト募集の広告を見たんですが」

「ああ……依頼じゃないの。じゃあちょっと待って。責任者と替わるから」

「はあ」

数秒後、今度は中年男性と思われる声が聞こえてきた。

「もしもし？」

先程の男とは違って妙に明るい。

「どうも……」

「アルバイト募集の広告を見てくれたんだって？」

「そうなんです」

「そうかそうか。じゃあ、今から会社まで来られるかな？　軽い面接をしようか。履歴書はいらないから。手ぶらで来て」

トントン拍子にことが進み、健太郎は逆に戸惑う。

「は、はい。分かりました」

「それじゃあ待ってるから」

「失礼します」

電話を切った健太郎は電柱に貼ってある募集広告を見ながら首を傾げた。

変わった会社だ。本当に大丈夫か？

「とりあえず、行ってみるか」

健太郎は携帯電話に会社の住所を記録し、歩き出した……。

健太郎は、携帯にメモされている住所と周りの景色を見比べながら歩を進めていく。

番地的に、どうやら会社があるのは駅の少し手前のようだが、段々と飲食店やマンション、ビルが多く立ち並ぶ賑《にぎ》やかな風景に変わってきている。これだけ盛んな場所だと、見つけるのに苦労する。会社が小さければ尚更だ。

「ここら辺のはずなんだけど……」

左右の建物に注意して歩いていると、前方に小さな看板を見つけた。

『何でも屋・花田。お客様のご依頼承ります』

間違いない。案外簡単に着くことができた。

雑居ビルの二階に事務所は入っているようだ。

「それにしてもボロいビルだな」

築何年だろう。ペンキは剝《は》げ落ちているし、入り口のガラス扉には小さなヒビが入っている。こんな所に本当に客が来るのだろうか？

緊張する健太郎は一息吐き、階段を上っていった。

二階に着いた健太郎は、木の扉にかけられてあるプレートに注目した。

　中から男たちの騒がしい声が聞こえてくるが、何をやっているのだろうか？　とても仕事をしているようには思えないが。

　健太郎は控えめに扉をノックした。しかし、反応は返ってこない。強く叩《たた》いても結果は同じだった。

「何なんだよ……」

　いくらノックしても聞こえていないようなので、健太郎はドアノブに手を伸ばしそっと扉を開けた。

「すみません」

　と声をかけながら中を覗《のぞ》く。だが、賑やかな声が聞こえてくるだけで人の姿はない。電話とパソコンが置かれた五台のデスクと、様々な書類が入った棚が目につくだけだ。

「あの……」

　呼びかけながら先へ進んでいく。すると、『休憩室』と書かれた部屋を見つけた。

　この中か、と健太郎は強くノックした。その途端、男たちの声がピタリと止まった。存在に気づいてもらえたのはいいのだが、妙に緊張感が増す。

「はい！」

　最初に電話に出た男だ。低く迫力のある声。

『何でも屋・花田』

マズイ所に来てしまったか……。

まだ間に合う。逃げようか、と考えたがもう遅かった。休憩室の扉は開いていた。中から出てきたのは、頬に大きな傷跡がある坊主頭の大男。目が腫《は》れぼったく、ブルドッグのような顔つきだ。

あまりの恐怖に健太郎は口を開くことができなかった。

「何だ?」

と尋ねられても身体が固まってしまって反応ができない。

「どうした?」

奥から、中年男性の声が聞こえてきた。大男は振り返り、

「さあ」

と両手を上げた。すると、大男と入れ替わるようにして今度は背の低い白髪頭の優しそうな男が現れた。

「もしかして、さっき電話くれた……」

ハッと我を取り戻した健太郎は、

「は、はい。そうです」

と頷《うなず》いた。

「そうかそうか。よく来てくれたね。じゃあ、ちょっと面接しようか」

今更、やっぱり帰りますとは言えなかった。

「お前たち、ちょっと待っててくれ」

中年男性がそう言うと、中にいる大男と、もう一人の痩《や》せ細った天然パーマの男が不満そうに返事した。ちらりとしか見えなかったが、机の上にはトランプが置かれていた。

まさか、遊んでいた？

「じゃあ、ちょっとこっち来てくれるかな」

「はあ……」

健太郎は中年男性に連れられ、デスクの前に座らされた。中年男性はその隣にイスを置き腰を下ろした。

「えっと、まずは自己紹介から。私はここの社長をやっている花田彰三《はなだしょうぞう》といいます。よろしく」

健太郎は一つ咳払《せきばら》いをして姿勢を正し、

「荻原健太郎です。よろしくお願いします」

と深々と頭を下げた。

「荻原君はいくつかな？」

「今年で二十五になります」

「住んでいる所は？　近いの？」

「ええ。まあ」

話しているうちに緊張がほぐれていく。

「どうしてウチで仕事しようと思った？」

一番困る質問だった。何となく、と答えてもいいのだろうか。迷っていると、花田は大声で笑った。

「理由なんてあるわけないか。そもそも、どういう仕事かも分からないだろうからな」

「ええ……」

「まあ文字通りウチは客の様々な依頼を受ける仕事だ。可能な限り全ての注文を受ける。例えば、一日だけ子供を預かるとか、夫の浮気調査とか。昔、こんな客もいたな。家族で旅行に出かけるからその間、花に水をやっておいてくれって。あと、どうしても見つからない漫画本があるから探してきてくれっていう注文もあった」

「そんな依頼をしてくる人もいるんですか」

「ああ。面白いだろ？」

「確かに」

「そのような様々な依頼を低価格で受けるのがウチの売りなんだ」

「なるほど」

仕事の内容はよく分かった。あと聞かなければならないのは給料のことだ。

「あの……時給はいくらなんでしょうか？」

花田はあっさりとこう答えた。

「ウチは時給じゃない。完全歩合制だ」

「完全歩合制、ですか」

「そう。だから今日のように暇だと給料は入らん。逆に、大きな仕事が入ればガッポリ儲《もう》かるってわけだ」

「基本給は？」

「そんなものはない」

健太郎は心底迷う。仕事の内容は面白そうだが、ここで働いて果たして食っていけるのか？

「どうする？　働いてみるか？　こちらとしては、人手が足りないからきてくれると助かるんだが。君なら機敏に動けそうだし、頭も良さそうだ。やっていけると思うんだがな」

「はあ……」

「給料のことはそんなに心配はいらん。休憩室にいた二人も、月に平均、十五万以上は稼げてるから」

「そうですか」

十五万以上ならギリギリやっていけるか。だったら、やってみるか……。

「では、よろしくお願いします」

本当にいいのだろうか？　とりあえず了解してしまったのだが。

そう言うと、花田の表情が輝いた。

「そうか！　それは良かった。今日からよろしく」

「お願いします」

花田は自分のデスクから用紙を持ってきた。

「じゃあ、自宅の住所と電話番号を書いてもらって、身分を証明できるものを見せてくれるかな」

「はい」

健太郎は財布から免許証を取りだし花田に渡した。

「荻原君は高知県出身か」

「ええ。そうです」

「じゃあ一人暮らしか」

「はい」

「大変だな」

「いえ」

「どうして東京に出てきたんだ？」

「就職先がこっちだったものですから。でも、辞めてしまいました」

「そうか。まあ人生色々あるってもんだ。でもそのうちいいこともある。俺も昔は色々あったが、今はこうして会社を持つことができた。ちっぽけな事務所だけどな」

健太郎は用紙に住所と携帯の番号を記入しペンを置いた。

「勤務時間は朝の九時から夕方の五時まで。仕事が長引けば夜中になってしまうこともある」

「分かりました」

「あとは……そうそう休憩室にいる二人を紹介しよう」

健太郎はギクリとする。あの大男の所へ行くのか。どちらにせよこれから一緒に仕事をしていくのだ。仕方ないのだが。

「じゃあ行こう」

イスから立ち上がった健太郎は花田の後ろをついていく。

「入るぞ」

扉を開けた花田が先に中に入る。続いて健太郎も。だが、なかなか顔を上げることができない。大男の強い視線を感じるのだ。

「今日から働くことになった荻原健太郎君だ」

「ど、どうも」

と小さな声で挨拶《あいさつ》する。一瞬顔を上げたとき、大男と目が合ってしまい慌てて視線をそらした。すると大男は立ち上がりこちらに歩み寄ってきた。

殴られる、と健太郎はギュッと目を閉じた。次の瞬間、低い声が聞こえてきた。

「俺は大熊徹《おおくまとおる》。よろしくな」

目を開けると、大熊はこちらに手を差し出してきた。

「よ、よろしくお願いします」

握手した途端、健太郎は小さな悲鳴を上げた。握力が強すぎる。指の骨を折られるのかと思った。

「大熊は荻原君の二つ上だ。見た目は恐いかもしれないが、結構いい奴なんだぞ。ずっと野球をやっていたそうだ。道理で体格がいいだろう？」

「え、ええ……」

野球をやっていようがいなかろうが恐いのに変わりないが、花田の言うように、悪い人ではなさそうだ。

次に、痩せ細った天然パーマの男が挨拶してきた。

「俺は長崎雄太《ながさきゆうた》。気楽にやっていこうぜ」

耳にはいくつものピアス。よく見ると唇にも穴を開けているではないか。今風の若者といった感じか。

「長崎は君の三つ上だ。実はこう見えて、傷害事件で豚箱に入っていたこともあるんだぞ」

それを聞き健太郎は長崎をまじまじと見てしまった。傷害事件を起こしているとは思えない。恰好《かっこう》はともかく、優しそうな目をしているのだが。

「一度キレると手がつけられん。荻原君も気をつけた方がいいぞ」

と花田は冗談で言ったつもりだろうが、健太郎は笑えなかった。

「ちょっと花田さんやめてくださいよ。せっかく入ってくれたのに、そんなこと言ったら辞められちゃいますよ」

「すまんすまん。荻原君、今のは気にしないでくれ」

そう言われても反応に困る。動揺が顔に出てしまっていた。

突然、花田が手をパンと叩《たた》いた。

「ま、そんな訳でこれから四人で頑張っていこう」

健太郎は力無い返事をした。

「はい」

「あとは……そうだ制服を渡さないとな」

そういえば三人とも制服を着ている。青いつなぎ。作業服みたいなものだ。胸の辺りに

「お願いします」

は会社の名前が入れられている。

「荻原君、ちょっと来てくれるか」

「はい」

花田は自分のデスクの一番下の引き出しを開け、綺麗《きれい》な制服と帽子を取りだしてきた。

「明日《あした》からこれを着て仕事をするんだ」

「分かりました」

「じゃあ、今日は暇だし……」

その時だった。突然、事務所の扉が開いた。健太郎と花田は会話を中断し、振り返る。

二人の目には、高そうな毛皮を着た五十代くらいの女性が映っていた。なぜか、チワワ犬を抱えている。

花田は女性に歩み寄り、

「ご依頼でしょうか？」

と尋ねた。すると女性は早口でこう言った。

「ここは何でも受け付けてくれるのよね？」

「ええ。可能な範囲ならば」

「良かったわ。これから急に大事なお客さんが来ることになってしまってね。その人、犬が大嫌いなのよ。だからウチのジュリーちゃんを二時間ほど預かってほしいの。この子、外が大好きだから散歩して、公園かどこかで遊んであげて」

「おやすい御用です。では早速、料金の方なんですが……」

「そんな時間はないの」

相当急いでいるらしく、抱えているチワワを花田に託し、

「お金は後で払うわ。よろしくね」

と言い残し事務所を飛び出して行った。花田はこちらを振り返り、

「やれやれ」

と溜息《ためいき》を吐いた。

「強引すね。今の客」

いつの間にか、背後に大熊と長崎が立っていた。

「さて、どうしようかな」

健太郎はただ突っ立っていることしかできなかった。

「荻原にやらしてあげたらどうですか？　簡単な仕事だし。最初はこれくらいが丁度いいでしょ」

そう提案したのは長崎だった。

「それでいいか？　大熊」

花田が確認すると大熊は、

「どうぞ」

　と了解した。

「じゃあ、荻原君に頼もうかな」

　それは構わないのだが、ここは完全歩合制だ。長崎と大熊を差し置いて一人だけお金を貰《もら》う形になるが、本当にそれでいいのだろうか？

「僕でいいのでしょうか？」

　三人に聞くと、代表して長崎が答えた。

「行ってこいって。俺たちはもっと大きな仕事を待つよ」

　花田が続いた。

「そういうことらしい。だから、この仕事は君に任せる」

　長崎たちからしたら、こんな仕事、って訳か。

「……はい」

「じゃあすぐに制服に着替えて。このワンちゃんの相手してやれ。二時間くらいしたら戻ってくればいいから」

「分かりました」

　黒いダウンジャケットとジーパンを脱ぎ、制服に着替えた健太郎はチワワを胸に抱き事務所を後にした。一階でリードを手に巻きチワワを地面に下ろす。その途端、チワワはキャンキャンと鳴きながら走り出した。小型犬にしては意外に力が強く、健太郎はグイグイと引きずられる。

「もう……大人しくしてくれよ」

健太郎は溜息を吐き、チワワの行く方向に身を委《ゆだ》ねた。これが健太郎の、何でも屋での初仕事だった……。


四十分ほど散歩した後、健太郎は会社から十分ほど離れた小さな公園に入り、ベンチに腰掛けた。遊具がブランコと砂場しかないせいか、敷地内には誰もいない。犬を抱いた青いつなぎの男がただ一人。挙げ句の果てには曇り空になる始末。何とも寂しい光景だった。

こんな所を見られたらクビだろうか？　でも公園にいるのだから問題ないだろう。

「何か暇だなぁ」

初日からこんなことを考えるのはどうかと思うが、やるのならもっと大きな、そしてやりがいのある仕事をしたい。何だかんだ言って、このような仕事ばかりをすることになるのだろうか。この先が思いやられる……。

「あと一時間以上、何してればいいんだよ」

犬に連れ回されたせいで疲れ切ってしまった。犬はまだ遊び足りないようだが、立つ気になれない。だからと言ってずっとベンチに座ってるのも暇だし……。

突風が吹き、健太郎はギュッと身を縮める。

「さむ〜」

こんな所で何をやってるんだ俺は。

アパレル関係の仕事をしていれば今頃は……。

「本社勤務だったのに。もったいないことしたのかな……」

健太郎は無意識のうちに自分の理想を思い描いていた。

大きな仕事を成功させ、出世して、いい車に乗って大きな家に住んで、結婚して、母を東京に呼んでやる。

「ほど遠いな」

何せ、やっていることが犬の散歩なのだから。

そんなことを考えているうちにアッという間に一時間は過ぎ、花田から携帯に連絡が入った。

「荻原君か？　お客様がもうじき事務所に来るそうだ。君もそろそろ帰ってきなさい」

「……分かりました。すぐ戻ります」

健太郎は魂まで抜けてしまうような溜息を吐き、ベンチから立ち上がった。

重い足取りで事務所に到着すると、既に依頼客はこちらの帰りを待っていた。犬の姿を見た瞬間、女性は表情を輝かせながら駆け寄ってきた。

「ジュリーちゃんごめんね！　寂しかったでしょ？」

健太郎は苦笑いを浮かべチワワを女性に渡す。

「この子、お利口さんにしてたかしら？」

健太郎は無理に笑みを作った。

「ええ。とっても」

「そう。ジュリーちゃんいい子いい子」

女性は犬を過剰に褒め、気が済んだところでこちらに挨拶《あいさつ》してきた。

「今日は助かりましたわ。またお願いするかもしれないので、その時はよろしく」

「こちらこそありがとうございました」

と花田が頭を下げると、女性は事務所を後にした。

顔を上げた花田が突然こちらにニッコリと微笑んできた。

「どうだった？　初仕事」

「どうだった、と言われましても」

「まあ犬の散歩だからな」

「はあ……」

そういえば大熊と長崎の姿が見当たらないが。

「お二人はどこへ？　依頼が入ったんですか？」

花田は残念そうに首を振った。

「今日はおかしなくらい依頼が入ってこないからな。暇だからって近くのコンビニに出かけたよ」

「そ、そうですか」

「それよりほら、これ受け取れ」

健太郎は、花田から茶封筒を差し出された。

「これは？」

「給料だよ。言ってなかったか？　ウチは日払い制になってるんだ」

「そうだったんですか」

「あの奥さん、相当な金持ちなんだな。たかだか犬の散歩二時間で五千円も置いていったよ」

封筒を受け取った健太郎は、

「ちょっと、トイレに行って来ます」

と花田に背を向け、トイレの扉を開き中に入りカギを閉めた。そして、封筒の中身をチェックした。

入っていたのは二枚の千円札と五百円玉が一枚。二時間で二千五百円はいい方かもしれないが、妙に虚《むな》しさを感じた。

ちっぽけな仕事をして少ないお金を確かめる。この繰り返しが続くのか……。

水を流しトイレから出ると花田からこう言われた。

「今日はもう帰っていいぞ。明日《あした》からはりきって行こうや！」

「……はい」

もしかしたらこの仕事はすぐに辞めるかもしれない。健太郎はこの時、そう思った。

しかし、何でも屋に勤務して四日目のことだった。健太郎は、奇妙な依頼を受けることとなった……。


三月九日、木曜日。

何でも屋で新たな生活をスタートさせてから四日目の朝を迎えた。健太郎は出勤時間の五分前にビルの前に到着した。

また極々普通の仕事をやるのかと思うと憂鬱《ゆううつ》になる。健太郎はぼやきながら階段を上がった。

昨日、一昨日《おととい》と合わせて、健太郎は三つの依頼をこなした。一人暮らしをしている学生の引っ越し作業。パチプロの依頼者が良い台をとるために店で整理券をもらうという並び役。そして、工事現場への派遣だ。人手がどうしても足りなかったらしく、事務所に依頼が入った。大熊と長崎は簡単にこなしていたが、力仕事が苦手な健太郎は逃げ出したい気持ちで一杯だった。それなりの日給をもらったので文句は言えないが……。

こうして何でも屋では、毎日毎日違う仕事をやるので人によっては新鮮なのかもしれないが、時間の流れが早く感じられたとはいえ、健太郎にとってはまだ、何となく依頼をこなした二日間でしかなかった。

長い間この仕事をやっていれば楽しいと思うようになるのだろうか。大熊と長崎に聞いてみたい。なぜあえてこの仕事を続けているのかと。

「おはようございます」

事務所に入ると、花田、大熊、長崎の三人がデスクの前に集まっていた。三人とも難しい顔を浮かべてパソコンの画面を見つめている。

「どうしたんです？」

健太郎が歩み寄ると、花田が顔を上げた。

「ああ、荻原君。おはよう」

「おはようございます。それより、いったいどうしたんです？　みなさん揃って。何かあったんですか？」

と尋ねると、長崎が画面を指さしこう言ってきた。

「お前も見てみろ」

「え？　はあ……」

何が何だか理解できない健太郎は、言われたとおりパソコンを確認した。

画面に映っているのはメール欄。名無しの依頼者からメールが届いている。健太郎は、ゆっくりと文を読んでいく。

題名。

『私を見つけて』

本文にはこう書かれてあった。

『ゴミ屋敷となっている私の自宅を片づけにきてはもらえませんか。報酬として五百万円お支払いいたします。そのかわり、午後の五時までに全ての作業を終わらせてほしいのです。どうかよろしくお願いします。本来、手付け金をお渡ししなければならないのでしょうが、ある事情でお渡しできません。ですが、依頼を受けて下されば必ず報酬はお支払いいたします』

その下には現場の住所と、『1278』という意味不明な数字。

「実は、二日前から全く同じメールが同じ時刻に届いていてね。なぜか送信元のアドレスもないし、気味悪いから無視していたんだが、三日連続となるとねぇ。荻原君はどう思う？」

突然、花田に意見を求められ健太郎は困惑する。

「どう思うと言われましても……僕にはなんとも」

「そうだよね」

名前も書いてないし、五百万という金額も怪しい。それに、私を見つけて、とはどういう意味だろうか？ 不思議なのは、相手のアドレスが分からないこと。

ただの悪戯《いたずら》ではないだろうか？ いや十中八九そうだろう。だが本音を言えば、調べに行ってみたいという気持ちはある。なんといっても五百万という金額も魅力的だ。

「で？ どうするんすか花田さん」

長崎に決断を迫られた花田は腕を組みうなり声をあげ、真剣に悩んだ様子を見せる。

「クマはどう思うんだよ」

長崎にそう尋ねられた大熊は頭をボリボリとかきながら、

「面白そうだけどな」

と答えた。

「だろ？ 俺もそう思うんだよ」

恐い者知らずの二人らしい意見だった。だが、責任者である花田は保守的な考えであった。

「そう言ってもなぁ。もし悪戯だったらどうする」

依頼を断ろうとしている花田に、長崎は必死に説得する。

「つっても五百万すよ五百万！ みすみす逃す手はないっしょ。一か八か、やってみる価値はあると思うけどなぁ」

「お前はな、経営者じゃないからそう言えるんだ」

「でもな～」

花田と長崎のやり取りを黙ってみていた健太郎は、思わずこう言っていた。

「僕も、賭《か》けてみる価値はあると思いますけど」

その発言に、長崎は食いついた。

「荻原君も、そう思うか？」

「え、ええ。長崎さんの言うように、やっぱり五百万という大金が……」

それだけじゃない。この依頼者は不明。私を見つけて、とはどういう意味か？ そして午後の五時までに作業を終わらせてくれという部分も気になる。謎が多く隠されていて、まるでドラマのようではないか。

「他の依頼が、入っているのなら別ですけど……」

と一応花田にいい顔も見せておいた。

「ほら花田さん。荻原もこう言ってることだし。別件入ってないんでしょ？」

「ああ。でもな、ゴミ屋敷の場合、トラックだって手配しなくちゃいけないんだぞ？ レンタル代だってバカにならないんだ。現地に行って、騙《だま》されましたじゃ済まされないんだぞ」

「でも久々の大きな仕事なのになぁ。見逃しちゃっていいのかなぁ。今月の売り上げ低いんじゃないですか」

と、かなりしつこくねばる長崎に、とうとう花田が折れた。

「分かった分かったよ！　それじゃあ三人で行ってこい！　トラックは私が手配する。とりあえず二台用意するから、長崎と大熊が運転して行ってくれ」

ようやく良い答えをもらい、長崎は花田の肩をポンと叩《たた》いた。

「それでこそ大社長！　そうこなくっちゃ！」

表情には出さないが、健太郎も内心興奮していた。

突っ立っている健太郎に、長崎から檄《げき》が飛ぶ。

「荻原！　なにぐずぐずしてる！　早く着替えて来い！　置いてくぞ！」

「は、はい！」

健太郎は威勢の良い返事をし、休憩室に駆け込んだ。間もなく、大熊も部屋に入ってきた。

「大熊さん？」

大熊は制服を手にこう言った。

「俺も着替えてなかった」

「はは……ははは」

二人は大急ぎで着替えたのだった……。

一時間後、ビルの前に中型トラックが二台到着した。トラックを運んできた運転手たちと、長崎と大熊が入れ替わる。軍手やマスク、数百枚のポリ袋等々、仕事に必要な道具を車の後ろにしまった健太郎は、見送りに出てきた花田に挨拶《あいさつ》した。

「それじゃあ花田さん、行ってきます」

「気をつけてな」

「はい」

「分かっているとは思うが、今回の依頼はどうも怪しい。ただの悪戯のようならすぐに帰って来いよ。二人にもそう言っておいてくれ」

「分かりました。では」

軽く頭を下げた健太郎は長崎のトラックに乗った。

「地図持ったか？」

健太郎は長崎に紙を見せる。

「はい。大丈夫です」

「午後の五時までだろ？　時間がねえからさっさと行くぞ」

「お願いします」

長崎がギアを入れると、トラックはゆっくりと動き出した。後ろにいる大熊も動き出す。三人は意気揚々と『ゴミ屋敷』へと向かったのだった……。

トラックが走り出してから約十分。健太郎は改めて地図を見る。住所は町田市のすぐ隣の神奈川県相模原《さがみはら》市。花田曰《いわ》く、事務所から三十分もかからないとのこと。国道は渋滞していないし、花田の予想が正しければあと十五分少々で着くはずだ。

ずっと黙って運転していた長崎が突然声をかけてきた。

「どうだ？　段々慣れてきたか？」

慣れてきた、のだろうか？

「ええ、まあ。最初は、こんな事務所があるのかと驚きましたが」

「どうして、やろうと思った？」

「偶然です。アルバイトを探していたら、張り紙を見つけて」

「そうか……」

すぐに話が詰まってしまった。が、健太郎はなかなか次の話題を見つけることができない。長崎の過去について聞いてみようと思ったが、花田の話を思い出し、呑《の》み込んだ。

「昨日、アパレル関係の仕事をしていたって言ってたけどよ」

「はい」

「俺からしたら、辞めるなんてもったいないね。そっちの方をずっとやってれば良かったのによ」

「そうですかね」

「そうだよ。辞めなきゃこうしてバイトなんてしないで済んだんだよ」

それを言われると胸が痛む。母の顔が浮かんでくる。

「で、お前女は？」

あまりに唐突すぎたので、健太郎は聞き返してしまった。

「え？」

「だから、彼女だよ彼女。いないの？」

「いや……」

と、健太郎は答えに戸惑う。

ずっと頭の片隅にいた女性が、長崎の一言で目を覚ます。しかし健太郎はハッキリとこう言った。

「いませんよ。そんなの」

期待していた答えではなかったのだろう。長崎はつまらない顔を見せた。

「何だよ。お前な、女の一人や二人作っておいた方がいいぜ」

「長崎さんは、そんなにいるんですか？」

「あったりまえだろ。俺を誰だと思ってんだよ」

「ですね……」

二台のトラックは国道を下りて住宅地に入った。今度は健太郎から話題をふってみた。

「長崎さんは、やりたいことなかったんですか？」

そう聞くと、長崎は拳《こぶし》を上げ自慢げにこう答えた。

「俺はよ、昔ボクシングやってたんだよ。だから世界を目指してたんだけど、やっぱそんな甘くなかったって訳よ」

「な、なるほど。ボクシングですか。道理で……」

「おいそりゃどういう意味だよ？」

つい口を滑らせてしまい、健太郎は慌てふためく。

「い、いいえ。そういうわけじゃ」

必死に言い訳する健太郎に、長崎は優しい笑みを見せた。

「何か誤解してるようだから言っておくけどな、傷害事件っつったって俺が悪い訳じゃねえ」

「どういう意味です？」

「俺は、ダチを守っただけなんだよ。十八のときな、俺はもうプロの資格を持っていてな」

「す、すごいですね」

「当時、仲の良かったダチと遊ぶ約束をしてたんだけど、俺がちょっとした都合で遅れちまってよ。俺を待っているダチが大勢のヤンキーに絡まれたのよ。で、俺が登場したってわけ。その後は大体予想がつくだろ？」

「でもその場合、あっちが悪いんじゃ？」

「やりすぎちゃったんだよな。過剰防衛ってやつ？」

と言った長崎は大声で笑った。

「それでプロの免許も剝奪《はくだつ》！ 世界を目指していた青年は、将来を見失ったっていう泣ける話よ」

今は明るく語っているが、当時は相当傷ついたのではないだろうか？ いつもはチャラチャラとしている長崎だが、彼にも夢があった……。

段々と長崎が哀れに思えてきた。もしそんな現場に遭遇しなければ、ボクシングを続けていたのかもしれないのに。

「はい！ 俺の話はこれでおしまい！」

シャットアウトされてしまい、そのことについては触れられなくなってしまった。

「質問、していいですか？」

ここで、ずっと気になっていたことを聞いてみることにした。

「どうぞどうぞ」

「ここで働いて、もう二年近く経ってこの前言ってましたよね？」

「そうだけど、それが？」

「長崎さんはどうして、ずっとこの仕事を続けるんですか？　こんなこと言ったら失礼かもしれないですけど、それこそ就職した方が安定してるし、給料もいいし」

長崎はなぜか不気味に微笑んだ。

「ま、いずれお前にも分かるときが来るよ。この仕事を続けていれば、の話だけどな」

「はあ……」

「それよりもう近くなんじゃねえのか？」

そう言われ、健太郎は地図を確かめる。

「そうですね。この辺りのはずなんですが……」

「次の角を左に曲がってみるかな」

と、長崎は大きなハンドルを左に回した。

方向が変わった途端健太郎は、

「あ！」

と前方に指を差した。

「あそこ、じゃないですか？」

百メートルほど先に、塀を越えて外にまでゴミが溢《あふ》れている二階建ての家が目に飛び込んできた。二階部分は辛うじて確認できるが、一階は草木に覆われていて全く見えない。まだ遠く離れているというのに、気味悪さが漂っている。

「俺の勘に間違いなし！」

機嫌を良くした長崎はスピードを上げ、『ゴミ屋敷』の目の前でブレーキを踏んだ。間もなく、大熊のトラックも停車する。

長崎の手でエンジンが切られると、車内はシンと静まり返った。暖房が消え、段々と温度が下がっていく。

突然、健太郎の身体に震えが走った。それは寒いからではない。数メートル先にある『ゴミ屋敷』に妙な恐ろしさを感じたからだ。

家の周りは草木で覆われ、地面はゴミで埋め尽くされている。汚れたいくつものビニール袋や、食べかす、空き缶、黄色く染まった雑誌、女性用の靴、骨の折れた数十本の傘、不要になった洗濯機、錆《さ》び付いた自転車、等々。調べていったらきりがないほど、色々なゴミで覆い尽くされている。そのため、玄関までの足場がどこにもないのだ。この様子だと、家の中も酷《ひど》い状態になっているに違いない。

「何だここは」

長崎が驚いた声を発する。

「凄《すご》い……ですね」

「凄いってもんじゃないだろ。こんなの初めて見たぞ」

「ですね」

しばらく、車の中から家の様子を窺《うかが》っていた二人は、一歩外に出た。その途端、生ゴミから発する異臭が襲いかかってきた。

「おい荻原！　マスク持ってこいマスク！」

「は、はい」

健太郎はトラックの荷台から軍手とマスクを手に取り、長崎と大熊に渡した。しかし、マスクで鼻をガードしても完全に臭いは防ぎきれない。

「近所の人間はたまらねえな」

「そうですね」

と、長崎のその言葉に頷《うなず》きながら、健太郎は周りを見渡す。隣も、向かいの家も普通の綺《き》麗《れい》な一戸建てだ。ここまで酷いと当たり前だが、『ゴミ屋敷』だけ異様な雰囲気をかもし出している。

「近所の人間は市に苦情を出さないのでしょうか」

健太郎が疑問を口にすると、珍しく大熊が答えた。

「越せばいいんだよな。こんな所に住んでられねえだろ」

「クマ。そういう問題じゃねえんだよ。腐るほど金があるなら別だけど、一般市民はそう簡単に越すことなんてできねえだろ？」

健太郎もそう思った。近所の人間はこんな場所から一刻も早く離れたいだろう。だがそれができない。そうなるとこの問題を解決する方法はただ一つ。『ゴミ屋敷』を綺麗にするしかない。

「ブッ壊せばいいんだよ」

大熊はボソリとそう呟《つぶや》いた。つき合ってられないというように長崎は首を振り、

「とりあえず、先進んでみるか」

と言った。

「そうですね」

長崎を先頭に、三人は地面のゴミを踏みながら屋敷に進んでいく。ゴミばかりに注目していたせいで建物が目に入っていなかったのだが、よく見ると建物の方もかなり汚れきっているし、古びている。築何年くらいの家だろうか。屋根はほとんど壊れて、ペンキも剝《は》がれ落ち、所々に蔓《つる》が巻き付いている。

家全体に薄黒いモヤがかかっているように見えるのは気のせいか？　玄関に進むにつれ、中に入るのが恐くなってきた。

三人は、扉の前に立ち止まった。そして、お互いの顔を見合わせる。

「ところで、依頼者はどこに？」

健太郎が聞くと、二人はさあと首を傾げた。

「やっぱハメられたんじゃねえの？」

と大熊が言うと、長崎は諦《あきら》められないというように大声を張り上げた。

「すみません！　何でも屋・花田です！　ゴミの片づけに参りました！」

中からの反応はない。長崎はドアを叩《たた》きながら同じ台詞《せりふ》を何度も繰り返す。しかし、誰も出てはこなかった。

「どうします？　誰もいないんじゃ、どうしようもないですよ。お金はどこからもらうんです？」

「それくらい分かってるよ！　でも諦められねえだろうが」

その気持ちは分かる。だが、誰もいないとなるとやはり悪戯《いたずら》メールだったとしか考えられないのだが。

「それに、もし家の中も外みたいな状態だったら、何時間かかるか分かりませんよ」

「だから五百万なんだろうが！」

「そうですけど」

健太郎と長崎のやり取りを聞いていた大熊は何を思ったのか、扉に手を伸ばし、力強くノブを引っぱった。すると、カギの壊れる音とともに、扉が開いたのだ。

その馬鹿力に、健太郎と長崎は唖然《あぜん》とする。

「簡単に開いたな」

「おいおいおい！　壊しちゃったよ。クマ、知らねえぞ」

大熊は手を振り、低い声でこう返した。

「これくらいバレないって」

「いやバレるだろ！」

「そう固いこと言わず」

二人が言い合っている中、健太郎は屋内の様子に目を奪われる。土間には何足もの靴が散らばっており、床は衣服や切り裂かれた本、そして細かいゴミ等で乱雑になっている。少し進むと階段があるのだが、どの段も踏み場がないくらいゴミで支配されている。天井には蜘蛛《くも》の巣。黄色く染まった壁。無数の埃《ほこり》。あまりに汚い光景に、気分が悪くなりそうだった。

「とりあえず入ってみるぞ」

先頭にいた長崎が靴も脱がずにずかずかと中に入っていった。次に大熊が続いた。

「ちょっといいんですか？　勝手に入っちゃって」

声をかけると背中を向けたまま長崎は返してきた。

「俺たちは依頼されてきたんだ。誰も文句は言えねえだろ」

「そうですけど……」

　と言いながらも、健太郎も中に上がり込んだ。扉を閉めると、細かい埃が周囲に舞った。

健太郎は顔を顰《しか》めながら二人の後ろにぴったりとついた。

「どなたかいらっしゃいませんか？」

長崎はそう呼びかけながら先頭を歩いていく。三人は床に落ちている衣服やゴミを踏みつけながら、最初の部屋に入った。

カーテンが閉まっているので、室内は薄暗い。

「電気、つけますよ？」

健太郎は壁についているスイッチをオンにした。天井の蛍光灯がパラパラと灯《とも》った瞬間、健太郎はマスクの上に手をあてた。

「うわ……」

　思わず目をそらしてしまった。ゴミ地帯の中央に置かれているコタツの上に、腐った蜜《み》柑《かん》が転がっているのだが、その周りに無数のウジ虫が這《は》っているのだ。その隣に倒れている湯飲み茶碗《ぢゃわん》にまでウジャウジャと貼りついている。

「ヤバイだろ……これは」

　と呟きながら長崎は部屋の奥に進んでいく。大熊も続くが、健太郎は動く気になれなかった。二人の様子を見守るので精一杯だった。

「本当に、こんな所に人なんて住んでるんでしょうか？」

壁にかけられた埃だらけの絵や、カーテン等、あちらこちらを触る長崎は、

「さあね」

と答えた。

「絶対に頭おかしいですよ。どうしてこんなになるまで放っておくんですか」

見たくないはずなのに、どうしてもウジ虫の方に視線が行ってしまう。

「俺に聞くなよ」

「そうですけど……」

ひと通り部屋を見渡した長崎は軍手をパンパンと叩きながら、

「一階は全部こんな状態だろ。二階へ行ってみるぞ」

と部屋を出ていく。健太郎はその後ろについていく。長崎はどういうつもりだろう？

これではただの探索に過ぎない。依頼者がいないのだ。仕事にならないと思うのだが。

三人はゴミで滑らないよう手すりにしっかりとつかまって階段を上がっていく。

「誰かいませんか？」

一応、といった感じで声をかけていく長崎。やはりどこからも反応はない。メールの内容といい、謎ばかりが深まっていく。

二階に到着した三人は、足元を気にしながら短い通路を進む。

空き瓶、生ゴミ、数え切れないほどのビニール袋、スリッパ、女性用下着。一階ほどではないが、二階も酷《ひど》い有様だった。どうすればこんなにゴミだらけの状態になるのか。健太郎には到底理解できなかった。

二階には部屋が二つ。どちらも扉は閉まっている。三人はまず、手前の部屋の扉を開けた。そこは四畳ほどの小部屋で、シミだらけの絨毯《じゅうたん》が敷かれてある。といっても、ゴミで一部分しか確認できないが。

部屋の隅には木製のドレッサーが一台。大きな鏡にレースがかけられている。何年製かは見当もつかないが、造りを見ると、相当昔の物に違いない。

目立つ物といえば、そのドレッサーだけである。あとは全てガラクタ。気になるのは、所々に落ちている化粧品。この部屋に来て、健太郎はある確信を得た。

この家に住んでいる、もしくは住んでいたのは女性。先程から女性物ばかりが目につくのだ。しかし長崎にはそれ以外の物が目に入ったようだった。

「おい。これ」

彼が手にしたのは一枚の紙切れ。

「どうしたんです？」

その紙は何でも屋の広告だった。

『何でも屋・花田。あなたの依頼、承ります』

その下には住所と電話番号。そしてメールアドレス。

「これを見て、ウチに依頼したんでしょうね」

「まあいい。奥の部屋行くぞ」

長崎を先頭に一列になっていた三人は向きを変える。最後尾にいた健太郎が今度は先頭になった。

「荻原。開けてみろ」

もう一方の部屋の扉の前に立つと、長崎から指示が出された。

「は、はい」

健太郎は怖々と扉を開け、中をそっと覗《のぞ》いた。その瞬間、微《かす》かなアンモニア臭が鼻についた。排泄《はいせつ》物の臭いも混ざっている。三人は鼻をつまんで中を見渡す。

結果は言うまでもない。室内はやはりゴミだらけであった。ただ、健太郎は妙な物を発見した。

部屋の中央に、介護用のベッドが一台ポツリと置かれてある。毛布はめくれ、枕の横には吸い飲みが置いてある。その下には大量の使用済み紙おむつ。どうやらそれが臭いの原因らしい。

「病人、もしくは老人でもいたんでしょうかね」

後ろから長崎の声が返ってくる。

「そういうことになるかな」

二人が話している横で、大熊は怪訝《けげん》な表情を浮かべこう言った。

「どうしてそんなことが分かるんだ？」

「え？」

健太郎は長崎に視線を送る。長崎は、相手にするな、というように、

「行くぞ」

と部屋を出ていき、階段の方へ向かっていった。

「待ってくださいよ」

さっさと行ってしまう長崎の後を追う健太郎は慎重に階段を下りていった。

一階に戻ってきた三人は玄関の前で一度立ち止まった。

どうします？　と健太郎が二人に尋ねようとすると、長崎が先に口を開いた。

「よおし、この家の状態はこれで分かった。荻原、今何時だ？」

「え？」

健太郎は携帯で時間を確かめる。

「えぇっと……十一時ちょっと過ぎですけど」

時刻を伝えると、長崎は何も迷うことなくこう言った。

「よし、約束まであと六時間だな。急いで作業を進めてくぞ」

その発言に健太郎は思わず大声を上げてしまった。

「ええ！　やるんですか？」

当たり前というように長崎は、

「やるに決まってるだろ」

と返してきた。

「でも、依頼者がいないんですよ？　仕事を終えてから、あれは嘘でした、じゃ済みませんよ」

「確かにリスクはある。でも五百万だぞ」

五百万だから余計怪しいのだ。

「少なくとも、二百五十万は俺たちの給料だ。それを三人で割っても一人、八十万以上が入ってくるんだ。魅力的だとは思わないか？　なあ？　クマ」

単純な大熊はこくりこくりと頷《うなず》く。

「ああ。そうだよ」

「心配だな……」

「大丈夫だよ。依頼者だって後でここに来るって。今はいないだけなんだよ」

「そうだと、いいですが」

「つべこべ言わずに作業開始するぞ！　荻原！　準備だ！」

「は、はい」

一旦《いったん》、『ゴミ屋敷』から外に出た三人はトラックに足を進める。その時、健太郎の目にある人物が映った。向かいの家に住む主婦だ。『ゴミ屋敷』にトラックが停まっているので気になり外に出てきたようだ。こちらをジロジロと見ているが、健太郎の視線に気づいた途端、背を向けてしまった。

「すみません！　ちょっといいですか？」

彼女に話を聞けば何か分かるのではないかと健太郎は駆け寄った。主婦は立ち止まりこちらを振り返る。

「あの、あそこの家の住人は……」

と尋ねると、主婦は顔を伏せてこう呟《つぶや》いた。

「あまり関わりたくないので。すみません」

主婦は軽く頭を下げ、逃げるようにして家の中に入ってしまった。

「なんだ？」

健太郎は主婦の言動と態度に疑問を感じる。あの家には一体、何が隠されているというのだ。ますます怪しいではないか。本当に作業を行っても良いものか……。

「おい荻原！　何もたもたしてる！」

長崎の声にハッとなった健太郎はトラックに向かう。そして、大量のポリ袋を抱え、再び『ゴミ屋敷』へと戻った。

「よし！　じゃあ作業を開始する」

「はい」

不安ばかりが募るが、長崎の指示に従うしかなかった。家の中に入ると、長崎は奥の部屋を指さした。

「最初に入った居間は俺に任せろ。クマと荻原は奥の部屋に行ってくれ。通路は最後にやろう」

「分かりました」

良かった。最初の部屋には無数のウジ虫がいたのだ。正直入りたくなかった。

「行くぞ荻原」

健太郎はホッと息を吐き、大熊の後ろ姿を追っていった……。

長崎に任された奥の部屋は六畳ほどの広さであった。部屋の隅には分厚い本が高くまで積み上げられている。それは一箇所だけではなく、三つほど本の塔は作られていた。目につく所はそれくらいか。あとは全て同じ光景。ゴミで占領されてしまっている。

だがもう驚きはしなかった。むしろ、気持ち悪い虫がいないことに安心する。

「やっていきますか大熊さん」

といっても、ただゴミを拾って袋の中に入れていくだけでいいのだろうか？　片づけ作業なのだから、天井や壁の汚れまでこちらが気にすることもないか。それはクリーニング業者に任せればいいのだ。

「サクッと終わらせようぜ」

「はい」

二人は、足元に落ちているゴミを拾って透明の袋に入れていく。明らかに必要のない物は勿論《もちろん》、衣服や花瓶、その他、まだ使える物も次々と袋に放っていった。しかし、ゴミの数は半端ではなく、拾っても拾っても無くなっていかない。足元のゴミを処理するだけでもかなりの労力と時間を要し、二人はようやく畳の上に立つことができた。土足で上がっているのでそれほど気にはならないが、畳も相当傷んでいる。青カビのせいで変色してしまっている。足を上げると、微かに『ネチャッ』と音がした。健太郎は顔を顰《しか》め、一杯になった袋を通路に投げ、新たな袋を広げて作業を再開した。

十五分ほど黙々とゴミを拾い続けていた健太郎の脳裏にふと、メールの文面が浮かんできた。

「本当に五時までに終わりますかね？　大勢ならともかく、三人ですよ？」

そう言っても、大熊は深くは考えない。

「何とかなるだろ」

この時、健太郎はようやく悟った。大熊は悪い人間ではないが、頼りにはならないと。

「それに五百万なんてもらえるかどうか……」

自分にしか聞こえないくらいの小さな声で愚痴ったつもりが、大熊の耳に届いてしまった。

「もらえるに決まってるだろ？　依頼を受けてるんだから」

二人の会話はそこで途切れた。

話にならない、と健太郎はガクリと肩を落とし、自分のペースで作業を進めていった……。

金になるかどうかも分からないゴミ拾いを開始してから早くも一時間以上が経過した。

時刻は十二時三十分。段々とお腹が空《す》いてきたが、そうも言っていられない。長崎も大熊も、それどころではないというように夢中で働いている。昼食など摂っていたら午後の五時に間に合わない。そうでなくても、かなり作業が遅れているというのに。六畳の和室ですらまだ終わらないのだ。ようやく半分が片づいたところ。休憩など提案したら怒られるに決まっている。

健太郎は空腹を紛らわすために大熊に話しかけた。

「そういえば大熊さん、野球をやっていたって言ってましたけど」

大熊は手を動かしながら頷く。

「おう」

「ポジションは、どこだったんですか？」

「キャッチャー」

「へぇ〜」

野球のことを聞かれて嬉《うれ》しかったのか、大熊は過去を語りだした。

「俺はずっと四番でよ、中学の時なんか三年間で六十ホーマーよ」

そんな数字を聞いても健太郎にはピンとこない。

「す、凄《すご》いですね」

と一応そう言っておいた。

「高校二年のときは、夏の県大会決勝までいったんだ。で、あと一勝すれば甲子園だった」

「負けたんですか？」

と聞いたその直後、健太郎は家中に響き渡るくらいの悲鳴を上げた。足元に巨大なゴキブリが現れたのだ。虫嫌いの健太郎は後ろに飛び跳ね、そのせいで本の塔がバサバサと崩れ落ちた。

「何やってるんだよ」

大熊に叱られ、健太郎は苦笑いを浮かべながら、

「すみません」

と頭を下げて、下半身にのっかっている本をどかす。

その時だ。最初から落ちていたのか、それとも本の中に挟んであったのかは定かではないが、健太郎は一枚の色あせた写真を見つけた。

「おいどうした！」

健太郎の悲鳴に驚いた長崎が部屋に入ってくる。

「いえ……大丈夫です」

と返し、健太郎は白黒の写真を見つめる。写っているのは若い男女。男性の方はベロアのコートを羽織り、女性の方はワンピース。三つ編みの似合う可愛らしい人だ。二人とも幸せそうに微笑んでいる。この『ゴミ屋敷』に関係している人物か？　ここの住人かもしれない。

「何だ？　その写真」

長崎に問われ、

「こんなの見つけました」

と健太郎は写真を渡す。

「随分古い物だな。白黒じゃねえか」

「この家の持ち主でしょうか」

「そうかもな」

と長崎は呟き、写真を返してきた。

「そんなことより仕事急げ。時間ないんだからな」

そう残し、長崎は居間に戻っていった。

健太郎はしばらく写真を見つめ、向かいの家に住んでいる主婦の言葉を思い出す。

「関わりたくないって……何があったんだ」

トラブルでもあったのか？　二人とも笑みを浮かべるこの写真からはそんなことは考えられない。いや、決してそうとは言い切れない。人間、先のことなんて分からないのだから。

健太郎は胸ポケットに写真を仕舞い、作業を再開する。だが、思うように仕事は捗《はかど》らなかった。写真の二人が、妙に頭にちらつく。

二人が、『ゴミ屋敷』に関係しているとしたら、今どこにいる？　それが答えかどうなのか判断はできないが、三十分後、大熊がある物を発見した……。

和室の片づけもいよいよ終盤。残り、五分の一程度か。通路にはゴミの詰められた袋が数十個も重ねられていた。

健太郎は全身に汗をかきながら、辺りに落ちている本を袋の中に放っていく。

「もう少しですね」

と声をかけると、大熊からは質問とは違った答えが返ってきた。

「荻原？　これ何だ？」

振り返ると、大熊が黒い、箱のような物に指をさしている。勿論ゴミの中から出てきたのだろうが、今までとは何かが違う。

「何でしょう？」

気になった健太郎は箱のような物体を手にとり持ち上げた。その瞬間、健太郎は悲鳴を上げ思わず手を離し落としてしまった。

「これ、何だ？」

平然とした口調で聞いてくる大熊に健太郎は言い聞かせた。

「分からないんですか？　仏壇でしょ仏壇！」

落としたときに蓋《ふた》が開いて中から出てきたのか、いつの間にか位牌《いはい》も転がっている。しかし触る気にはなれなかった。

「そっか。随分小さいんだな。ミニ仏壇だ」

と言って大熊は一人で笑っている。健太郎は、まだ重要な物が埋まっているのではないかとゴミを漁《あさ》る。すると、仏壇に飾られてあったと思われる写真と、埃《ほこり》だらけの白い壺《つぼ》を発見した。

「まさか……この壺」

もの凄く嫌な予感がする。

「なんだ？　これ？」

何も考えない大熊は白い壺の蓋に手を伸ばす。

「大熊さん！」

止めたが遅かった。大熊は蓋を取ってしまったのだ。

中には、細かく砕かれた骨が入っていた。それを見た大熊はさすがに驚いたようだ。腰を抜かし尻餅《しりもち》をついた。その音に気づき、再び長崎がやって来る。

「どうした！」

白い壺が骨壺だと分かっていた健太郎は冷静さを失うことはなかった。生唾《なまつば》をゴクリと呑《の》み、長崎に状況を説明した。

「骨壺が、見つかりました」

「な、なに！　どうして家にあるんだ」

「納骨、してないからでしょう」

長崎は恐る恐る壺の中を覗《のぞ》き、

「どうなってんだこの家は」

と呟《つぶや》いた。

「恐らく、この人の骨だと思いますけど」

健太郎は長崎に写真を見せる。白髪だらけの男性。頬はげっそりと痩《や》せこけ、皺《しわ》だらけだ。悲しそうな表情に見えるのは気のせいか。

健太郎は、先程見つけた写真と見比べた。

似ているような、似ていないような。同一人物だろうか？

それにしてもやはりこの家は変だ。向かいの主婦の言動も納得できる。謎は解けていないが、思った通りここには絶対に隠された何かがある。

「気味わりいな、おい」

と長崎が洩《も》らす。

「どうします？　作業中断します？」

そう提案したが、すぐに却下された。

「ば、馬鹿野郎。これくらい何だ。ここまでやって中断したら意味ねえだろ。とりあえずこの部屋が終わったら俺の所に来てくれ。もう少しかかりそうだからよ」

「分かりました」

健太郎と大熊は残りのゴミを急いで片づけた。さすがに仏壇、位牌、写真、そして骨壺を捨てるわけにはいかなかったので、部屋の隅に置いておくことにした。

「ここは完了ですね」

天井、壁、畳の汚れはどうすることもできないが、部屋の中にあったゴミは全て袋に詰めた。

「俺は隣に手伝いに行くから、通路に置いてある袋を荷台に運んでくれや」

よほど気味が悪かったのか、大熊は和室から逃げ出すようにして出ていった。健太郎も和室を後にし、手を合わせて扉を閉めた。そして、通路に溜《た》まった袋を手にとりトラックへと向かった。

健太郎はふと足を止め、『ゴミ屋敷』を振り返った。自分たちはこの中に足を踏み入れてはならなかったのではないか。そんな気がしてならなかった……。


三十分近くかけてようやく和室の全てのゴミ袋を荷台に積み終えた健太郎は、居間にいる長崎と大熊に声をかけた。

「和室のゴミは全部荷台に運びました」

長崎はこちらを一瞥《いちべつ》し、

「そうか。ご苦労」

と返し、仕事を急ぐ。

「こっちもかなり片づきましたね」

居間のゴミも残り少ない。最初に比べ、随分と室内が広くなったように感じる。ただ、そんなことはもうどうでもいい。この家で何があったのか。それが知りたい。

長崎は部屋を見渡し口を開く。

「コタツやテレビ、その他の家具はこのままにしておいてもいいだろ」

「そうですね」

「よし荻原。お前は先に台所の片づけをやっててくれ。俺たちもここが終わったら行くから」

「分かりました」

了解した健太郎は、居間、和室を通り過ぎ、狭い台所に足を踏み入れた。

「ここも酷《ひど》いな」

流し台やコンロ周りは食器や調理器具で溢《あふ》れ、全てが油まみれになっている。換気扇には埃がたっぷりと詰まっているし、蛇口は錆《さ》びきっている。とても食事など作れる場所ではなかった。

幸いなのは、床のゴミが少ないこと。とはいっても、溢れていないだけで全てを片づけるのに時間はかかりそうだった。

「やってくか」

と力のない声を出し、健太郎はまず床のゴミから拾っていった。その間、健太郎は考え事に没頭する。

依頼のメール。あれは本当にここの住人が送ったものなのか？　いくら時間が経っても、誰もやってこないではないか。かといって、悪戯《いたずら》とも思えなくなってきた。

午後五時までに作業を終わらせろとはどういう意味だ？　都合の悪いことでもあるのか？　そして、和室にあった骨。ゴミに埋まっていたのを考えると、相当前からあの骨壺はあったのではないか。

考えれば考えるほど頭がこんがらがる。

その時、健太郎の脳裏にある文字が浮かんできた。

『私を見つけて』

メールの題名だ。実はこの部分が一番不可解だ。女性の訴えと考えて間違いないだろうが……。

「やっぱ悪戯なのかな」

手を止め、ボーッとしていると後ろから長崎に声をかけられた。

「何ボサッとしてる。時間ないんだぞ」

健太郎はハッと我に返る。

「す、すみません」

長崎は台所を確認し、大熊の肩に手を置いた。

「クマ。荻原の手伝いに入ってやれ。俺はここが終わるまでに通路を片づけておく」

「オッケイ」

「じゃあ任せたぞ」

そう残し長崎は通路側へ身体を向けた。

「荻原。急ごうぜ」

と大熊が台所に入って三歩目を踏んだその時だった。木が折れるような音とともに、大熊の巨体がガクリと沈んだ。

「大熊さん？　どうしたんですか？」

どうやら床が腐っていたようだ。大熊の体重を支えきれずに床が抜けたのだ。

「大丈夫ですか？」

と手を差しのべ、大熊を引っぱる。床には大きな穴ができてしまった。

「全く、人騒がせな家だぜ」

人騒がせはアンタだろ、と心で呟き、健太郎は穴を覗きながら洩らす。

「あ〜あ。いいのかな、こんな壊しちゃって」

「大丈夫大丈夫。どうせゴミ屋敷なんだからよ」

健太郎は深く息を吐き、ゴミ拾いを続ける。

約束の午後五時まで、刻一刻と時間は過ぎていく。だが、これといった手掛かりは見つからないままだった……。

それから健太郎たちは休憩もせず着々と作業を進めていき、台所、通路、建物周り、そして階段と、家全体の約半分をようやく終わらせることができた。この時点で、トラックの荷台はほぼ満杯。一階だけでこれだけのゴミが集まったのかと、健太郎はポリ袋の数を見てゾッとした。逆に、一階部分は見違えるほど片づいた。最初は足の踏み場もないくらいゴミで溢れていたというのに、今はスムーズに長崎や大熊と行き交うこともできる。綺《き》麗《れい》になっただけで、気分が落ち着いた。

しかし、まだ二階が残っている。それだけではない。時刻は既に、午後の三時半を回っているのだ。約束の時間まであと一時間半を切った。が、依頼者は未《いま》だ現れない。どうなっているのか、いくら考えても答えは出てこなかった。

トラックから戻ってきた健太郎は、長崎から息吐く間もなく指示を出された。

「あとは二階だ。急ピッチで行くぞ！」

健太郎は声が出なかった。一度も休憩をせずに重労働をこなしてきたのだ。身体はフラフラで、立っているのがやっとだった。しかし、一人だけ休む訳にはいかない。もうひと踏ん張りと自分に言い聞かせる。

「おい。大丈夫か？　荻原」

自分では分からないが、相当顔色が悪いのか、さすがの長崎も心配してくれた。

「……はい。大丈夫です」

と返すと、長崎は力強く頷《うなず》いた。

「よし。じゃあいけるな」

そしてあっさりと二階に上がっていった。大熊も長崎の後に続く。

健太郎は二人の背中を見据え、少しの間しゃがみこんだ。

休ませてもらえるかもしれない、と期待したのが馬鹿だった。そんな甘い人ではなかった。

「くそ……」

体力のない己に活を入れ、健太郎は立ち上がった。

二階に到着した健太郎は長崎に早速指示を出された。

「荻原とクマは奥のベッドがある部屋をやってくれ。俺は手前の部屋をやる。そっちが早く終わったら手伝いに来てくれ」

「は、はい」

正直、寝室には行きたくなかった。アンモニアの臭いに耐えられるだろうか。

「もう時間がない。ラストスパートで頑張るぞ！　これが終われば大金が舞い込んでくるんだからな！」

長崎のかけ声に、大熊は気合いの入った返事をした。

「おう！」

どこからそんな元気が出てくるのだろう。それに、五百万が入ってくる保証なんてどこいのに。依頼者が来れば別だが、そんな気配もない。本気で報酬を貰《もら》えると考えているる二人が不思議でならない。疑うということを知らないのか。

「まあいいや……」

と小さく口を動かし、健太郎は重い足取りで寝室に向かった。

分かってはいたが、室内の臭いと、ゴミだらけの光景を目にした途端、健太郎は倒れそうになった。最初見た時よりもゴミが増えているように感じる。また一からの作業かと思うと、ドッと力が抜けていく。

背後に立つ大熊が力強く肩を叩《たた》いてきた。

「やるぞやるぞ！」

健太郎は疲れ切った声で返事する。

「はい」

二人はポリ袋を片手に、落ちているゴミで滑らないようバランスをとりながら中に進んでいく。そして、痛い腰を曲げてゴミを拾っていった。

それにしても介護用ベッドが一つあるだけで薄気味悪い。健太郎と大熊はまず臭いの原因である紙おむつを集中的に袋に入れていく。しかし、いくら拾っても紙おむつは下から湧いてくるのだ。いつの間にかおむつだけで三袋も使っていた。それでもまだ足りないくらいだ。

なぜ他人の汚物まで処理しなければならないのだ。段々怒りがこみ上げてきた。どうして大熊は冷静なのだろうか。深く考えない性格は羨《うらや》ましい。

汚物処理を大熊に任せた健太郎は改めて室内を見渡す。

不思議なのは、ベッドの周りだけまだ日の経っていない食べかすやインスタント食品の容器が落ちていること。

やはり誰かが生活しているのだろう。

それによく見ると、ベッドだけ汚れていない。シーツはしわくちゃだが、今日の朝もここで寝ていてもおかしくはない……。

「おい荻原急げよ！」

考えに没頭していた健太郎は大熊の声でハッとし、手を動かす。しかし謎からは抜け出せなかった。そのことばかりが渦巻いていた。残り時間が少ないというのに、仕事に集中できない。ふと時刻に気づいた頃にはもう、夕日は落ち始めていた……。

携帯に表示されている時間を確認した健太郎の手から、ゴミ袋がストンと落ちた。

午後四時半を回っている。それなのにまだ半分は残っているのだ。長崎がいる隣の部屋だって半分以上はあるだろう。

どちらにせよ、間に合わなかった。いくら急いだところで、五時までというのは不可能だったのだ。

しかし、すぐ傍にいる大熊は諦《あきら》めてはいなかった。

「根性見せろ荻原」

そうは言っても、と思いながら健太郎は一応ゴミを袋に詰めていく。だが、三十分という短い時間でどうこうできるはずもなく、約束の時間はアッという間に訪れた。

とうとう、午後五時を回ってしまった。しかし、これといって特別なことは何も起こらない。ただ夕日の光が、部屋の中を真っ赤に照らしているだけだ。

「大熊さん……五時です」

その言葉でようやく大熊の動きが止まる。

「ダメだったか」

「三人じゃ、きつかったんですよ」

二人の会話が聞こえたのか、長崎が部屋にやってきた。

「二人とも何やってんだよ」

健太郎は残念そうな顔で事実を伝えた。

「五時、過ぎちゃいました」

一瞬、長崎の表情が曇る。だが、彼だけは絶対に諦めようとはしなかった。

「だから何だ。約束の時間は過ぎても仕事を終えれば報酬はもらえるかもしれないだろ。

ここまでやったんだ。最後までやるぞ」

さすがの健太郎もこの時だけは露骨に嫌な顔をしてしまった。

「でも……」

「でもじゃねえ。とにかく終わらせろ」

そう言い残し、長崎は部屋を出ていった。

「最初からこんな仕事やらなければよかったんですよ」

無意識のうちに愚痴をこぼしてしまった。大熊にも聞こえただろう。慌てた健太郎は、

「や、やりましょうか」

とごまかし、腰を曲げてゴミに手を伸ばした。

その時だ。あまりの疲労に健太郎は眩暈《めまい》を起こし、背中から後ろの押し入れに倒れてしまった。襖《ふすま》が破れ、激しい物音が周囲に響く。大熊は慌てて健太郎に駆け寄る。

「おい荻原！大丈夫か！」

健太郎は顔を歪《ゆが》め、腰をおさえる。

「す、すみません。大丈夫です」

何事かと、長崎もやってくる。

「どうした？」

大熊が事情を説明する。

「急に、倒れて」

健太郎は倒れたまま補足する。

「眩暈を起こしちゃって」

それを聞いた長崎はやれやれというように手を差しのべてきた。

「ほら。しっかりしろ」

「すみません」

長崎の手を摑《つか》み、起きあがったその直後、事件は起きた。

突然、大熊がただならぬ悲鳴を上げた。その大声に驚いた健太郎と長崎はビクリと振り向く。

「何だよクマ！　ビックリするだろ！」

「そうですよ」

大熊の大声は心臓によくない。健太郎の胸はまだ激しく波うっている。

「あ、あれ……」

二人の言葉は大熊には届いていない。顔を強張《こわば》らせ、押し入れの方に指を差すのだ。不思議に思った二人は、指の先を追っていった。その瞬間、健太郎と長崎は背筋を凍らせ後ずさる。

人間の手だ。棒のように細い二の腕から先が見えるのだ。

「な、長崎さん」

彼からの反応は返ってこない。ただ呆然《ぼうぜん》と押し入れの中を見つめている。

「まさか……」

健太郎は思う。反対側に、人が隠れているのではないかと。

三人は、しばらくの間硬直していた。

最初に動いたのは長崎だった。彼は口を閉じたままそっと歩き出す。まるで、何かに取り憑《つ》かれているかのように。

そして、反対側の襖をゆっくりと開けたのだ。

中には、寝間着姿の小さな小さな老婆が横たわっていた。腰より下まである白髪。肉のない、皮と骨だけの身体。髪の毛で顔は見えないが、恐ろしくて確認できなかった。

老婆は、ピクリとも動かない。息づかいも聞こえてこない。

「死んでる……？」

思わず出た言葉だった。

「マジかよ」

と大熊が洩《も》らす。

「どうしてこんな所に死体が」

混乱する頭を整理し、健太郎は冷静に考えてみる。もしかして依頼者は、自分たちに遺体を発見させようとした？

その時、再び脳裏にこの文字が浮かんだ。

『私を見つけて』

まるでこの老婆が訴えているようだった。

健太郎は長崎に静かに問いかける。

「どうします。長崎さん」

もう一度遺体に視線を移したその時だった。健太郎は、ある部分に目を留めた。それは老婆の左手だ。右手は開いているというのに、左手はしっかりと閉じている。それだけなら気にならなかったろう。だが老婆の左手は、胸のあたりに置いてあるのだ。まるで、大事な物を守るように……。

ただの勘に過ぎないが、妙に感じた健太郎は調べずにはいられず、恐る恐る老婆に歩み寄る。そして、震えながら皺《しわ》だらけの手に触れた。

ヒンヤリと冷たい感触が指先から伝わる。その冷たさが逆に、健太郎の中にある恐怖心を消えさせた。この老婆が哀れに思えた。事情は分からないが、お年寄りが押し入れの中で死んでいるのだ。一人で寂しかったに違いない。

健太郎は、老婆の左手を静かに開けた。すると、この『ゴミ屋敷』には似合わない銀色に輝く立派な鍵《かぎ》が床にポトリと落ちた。健太郎は鍵を拾い、じっくりと眺める。

「何だ？　それは」

長崎に聞かれ、健太郎は、

「これ……」

と見せる。

「何の鍵だ？」

「さあ」

三人は同時に考え、悩むが、答えは出てこなかった。

「この婆さん、どうして鍵なんて握りしめてたんだ？」

大熊の疑問に長崎はすぐに答えた。

「そりゃ、大事なモノだからだろ」

「でもどうして、押し入れなんかで……」

健太郎がそう言うと、二人は言葉に詰まる。

「殺されたんでしょうか」

と言ったその時だった。一階から激しい足音が聞こえてきた。長崎は人差し指を立てる。

「静かに。誰か来るぞ」

ドスドスと階段を上がってくる。こちらにやってくる。健太郎は扉の方に身体を向け息を呑《の》む。隠れる場所などないので、その場から動くことができなかった。指先に、脂汗が滲《にじ》む。

足音が、急に静かになる。しかし確実にこちらに近づいてきている。あちらも警戒しているようだ。

通路に、うっすらと影が映った。そしてその直後、茶色い毛皮を羽織ったサングラスの女が現れた。目が隠れているので大体だが、四十代前半か。ウェーブのかかった長い髪。真っ赤な口紅。腕には黒いバッグ。首や指には派手な装飾品。健太郎の頭には『悪女』という文字が浮かんできた。老婆の死に、関わっていないはずがない。

健太郎たちと女のにらみ合いは続く。女の立つ位置からは老婆はしっかりと見えているはずだ。

「ここで何してるの！」

女は鋭い口調でそう言ってきた。長崎が強い口調で返す。

「アンタこそ一体誰だ」

すると突然、女は大声を張り上げた。

「お前たちには関係ないだろ！」

その声に三人はビクリと反応する。女は何か恐れているような、焦っているような、明らかに動揺している。健太郎は確信した。この女が老婆を殺したのだと。

「俺たちは、この家のゴミを片づけるよう依頼されて来ただけだ」

長崎がそう説明すると、女はそれを否定した。

「誰も頼んでないわ！　さっさと出ていきなさい！」

死体を見てしまった以上、そういう訳にはいかなかった。

「あなたが……殺したんですか」

勇気を振り絞り、健太郎は女に問うた。すると、女はハッとした表情を見せたのだ。

「その鍵……どこにあったの！」

健太郎は老婆を見つめながら答える。

「このお婆さんが、握ってました」

気のせいか。女が舌打ちしたのは。

女は、一歩こちらに近づいてきた。そして急に優しい口調で、

「それ、渡してちょうだい」

と手を差し出してきたのだ。長崎はそれを即却下した。

「怪しいアンタに渡せるわけないだろ。どうして死体があるのか、ちゃんと説明しろよ」

興奮する長崎は女に詰め寄る。女は表情を曇らせ黙ったままだ。

「やっぱり殺したんだな！　そうなんだろ！」

女の身体が段々と震え出す。健太郎は、まずいと感じる。

「そうなんだろ？　え？　答えろよ！」

「な、長崎さん」

健太郎が止めに入ったがもう遅かった。追い込まれた女はバッグの中をガサガサと漁《あさ》り、百円ライターを手に取った。そして、我を見失っているような、混乱した口調でこう言い放った。

「私が何のためにここに通いつめたか！　それを渡さないつもりならお前らも全員死ねばいい！」

女はその場で屈《かが》み、通路にある大量のゴミに火をつけた。燃えやすいゴミが多いため、一気に部屋にまで燃え広がる。部屋の隅に溜《た》めてあったポリ袋の山に火が移った途端、室内は火の海となった。

炎の向こうにいる女の狂ったような笑い声が聞こえてきた。そして、女は姿を消した。階段を下りる振動が部屋に響いてくる。やがて、足音は聞こえなくなった。外に逃げたようだ。しかしそんなことを考えている場合ではない。パチパチと音を立てながら火はもの凄《すご》い勢いで広がっていく。いつの間にか膝《ひざ》より上の高さにまで火は昇っていた。それだけではない。三人は黒煙に包まれる。激しくせき込む長崎はマスクの上に腕をあて、大声で指揮をとる。

「逃げるぞ！　クマ！　荻原！　急げ！」

健太郎の耳にその声はハッキリと届いていた。しかし、どうしても動くことができなかった。目の前の炎に怯《おび》え、金縛りにかかってしまったのだ。

駆け出した二人の姿が部屋から消えた。それでも尚、健太郎は踏み出せなかった。

逃げ出さなければ死ぬと分かっているのに……。

しばらくすると、外から長崎と大熊の叫び声が聞こえてきた。

「荻原！　おい荻原！　どこだ！」

既に、健太郎は火に囲まれていた。部屋の向こうも炎で見えなくなってしまっている。

「荻原！　返事しろ！」

押し入れも燃えている。老婆の身体が焼かれていく。

「お婆さん……」

と洩《も》らした健太郎の右手から鍵がスルリと落ちた。それでようやく健太郎の金縛りは解けた。鍵を拾った健太郎は部屋を飛び出した。通路全体にも火は広がっていたが、足を止めることなく健太郎は走った。しかし、最大の難関が健太郎の動きを封じた。階段のすぐ手前に立ちふさがる炎の壁。天井も燃えているせいで、完全に先が見えない状態だった。

だが、階段を下りなければ一階には行けない。

悩んでいる時間はなかった。健太郎は、右手にある鍵を握りしめる。

これはきっと老婆が大切にしていた物。絶対に落としてはならない。ここで死ぬ訳にはいかない。

健太郎は燃えさかる炎に向かって吠《ほ》え気合いを入れ、大きく息を吸い込み、火の中に飛び込んでいった……。

三月十三日、月曜日。

『ゴミ屋敷』事件から四日後の朝、長崎、大熊、そして健太郎は、都内にある大手銀行の支店にいた。

長崎と大熊は妙にソワソワとしている。健太郎は、両腕に巻かれた包帯を見つめながら、『あの時』のことを振り返る。

こうしてここにいられるのは、勿論《もちろん》助かったからなのだが、火の壁に突っ込むのがほんの少し遅れていたら、焼け死んでいたかもしれない。あの直後天井が崩れ落ち、柱が倒れ、外に飛び出して間もなく、ガス爆発を起こし、屋敷は炎に包まれた。しばらくして消防車が到着し、消火活動が行われたが全焼。後に、老婆の焼けこげた遺体が発見された。

三人の前に突然現れた謎の女は放火、及び殺人の疑いで逮捕され警察署に連行。事情聴取の結果は、テレビ、ラジオ、新聞等で伝えられた。

女の名前は中越冬子《なかごしふゆこ》。四十五歳。

遺体で見つかった老婆の名前は中越光子《みつこ》。八十歳。二人は義理の親子であった。

三年前、光子は夫である恒久《つねひさ》を病で亡くした。事件とはあまり関係がないように思われるが、全てはここから始まった。

最愛の夫を亡くした光子は気をおかしくし、適当に食べて息を吸うだけの生活を続けていた。そのうち家は『ゴミ屋敷』に。酷《ひど》くなる一方だった。

初めのうちは光子の一人息子である啓治《けいじ》が頻繁に足を運んでは掃除をしていたそうだが、父の後を追うように啓治も二年前に他界。

旦那《だんな》を失った冬子は、一人残された。

それからである。冬子が不可解な行動に出始めたのは。毎日午後五時に『ゴミ屋敷』に通っていたそうだ。しかし家の片づけは一切しない。ただ、光子の世話をしていたという。以前から、あまり仲が良くなかったはずなのに……。

言うまでもない。冬子の目的はただ一つ。金だ。この二年間、冬子は『鍵《かぎ》』をずっとずっと探していた。しかし、見つからなかった。冬子の思惑を知っていた光子が隠していたのだ。

冬子はそれを知ってはいたが、鍵の在処《ありか》を光子には問い詰めなかった。自分の目的を悟られないように、光子の前ではいい顔を見せていた。そんな冬子に、またとない好機が訪れる。半年前、光子が倒れ寝たきり状態となったのだ。それで更に動きやすくなった冬子はありとあらゆる場所を調べた。だがそれでも『鍵』は見つからなかった。

次第に、冬子の苛立《いらだ》ちは募っていく。やりたくもない介護をしているというのに、目的が果たされない。冬子の我慢も限界に近づいていた。そして、気の狂うような生活に耐えられなくなった冬子は、光子に食事を与えなくなった……。

日に日に憔悴《しょうすい》していった光子は健太郎たちが『ゴミ屋敷』を訪れる三日前に飢えでこの世を去った。しかし、冬子にも分からないことが一つだけあった。光子が死んでいた場所。押し入れだ。冬子は気がつかなかったが、結果的に鍵は光子が握りしめていた。が、冬子は押し入れの中も念入りに探したというのだ。ではなぜ光子は押し入れで息を引き取ったのか。やはり、鍵が押し入れのどこかにあったとしか考えられないのだが、真の理由は未《いま》だ分からないままだ……。

「おいおいドキドキするな！」

長崎は胸に手を当て身体を揺さぶる。

「俺たちすげえ！」

と大熊も興奮する。健太郎ただ一人が落ち着いていた、ように見せていた。さすがに冷静ではいられない。心臓がばくばくと暴れている。

「まだかよおい」

と、待ちきれない長崎が文句を吐いたその時だ。扉がノックされた。と同時に長崎は返事をする。

「はい」

「失礼します」

紺色のスーツを着た若い行員が、百万円の束を五つ、運んできた。それを見た途端、三人の目は輝く。大金すぎて、健太郎は生唾《なまつば》を呑《の》み込んでしまった。

行員はテーブルに五百万をそっと置き、

「中越光子様がお預けになっていた五百万円です」

と言った。長崎と大熊は束を摑《つか》み、ぎらついた目で見つめている。

健太郎は一瞬、本当に受け取っても良いのだろうかと躊躇《ためら》った。

メールにあった暗証番号、鍵、そして中越光子本人からと思われるメールが揃い、こうして五百万を受け取ることができたのだが、このお金は光子が大切に守っていたものではないのか。何か目的があって預けていたのではないのだろうか。

とはいっても、光子はもうこの世にいない。それにこれは光子の気持ちだ。ありがたく頂戴《ちょうだい》する。

札束を眺めながら、長崎はこう言った。

「なあ荻原」

「はい？」

「お前この間、俺にこう聞いてきたよな。どうしてこの仕事を続けるんだって」

健太郎は、トラックでの会話を思い出す。

「確かに……言いましたけど」

長崎は金に指をさしこう言った。

「答えはこれだ。この仕事は希《まれ》に、他の仕事にはないスリルと、大金を手にする快感を味わうことができる。だからだ」

「……スリル」

自分がずっと求めていたものだ。今回に限ってはスリルがありすぎだと思うが……。

分厚い封筒を受けとった長崎は、

「よし行くぞ」

と立ち上がった。ボーッとしていた健太郎は、

「は、はい」

と返事をし、部屋を出て、長崎と大熊の後を追う。

三人は、カーペットの敷かれた通路を進み、出口に向かう。その間、長崎と大熊は金をどう使うかで盛り上がっていた。

健太郎だけが、あの老婆のことを考えていた。

死んでいくとき、光子はどういう気持ちだったろう。苦しかったろう。悔しかったろう。

冬子がもっといい嫁だったら、結果は違っていただろうに……。

その時、突然健太郎の脳に稲妻が走った。

「ちょ、ちょっと待ってください！」

健太郎の足がピタリと止まる。長崎と大熊は振り返った。

「あ？　どうした？」

健太郎は、おかしなところに気がついたのだ。

「そういえば花田さん、あのお婆さんからメールが来たのは二日前からと言ってましたよね？」

長崎は頭をかき、

「そうだっけ？」

と返す。健太郎は二人に歩み寄りこう説明した。

「確かに言ってました。二日前だと。でも、あのお婆さんが死んだのは三日前なんですよ。それに、あの家にはパソコンなんてなかった……」

「そう言われてみれば」

と長崎と大熊は顔を見合わす。

「まさか、死んだ人間からメールが届いたんじゃ」

と言うと、長崎と大熊は顔を引きつらせ、無理に笑みを浮かべた。

「そ、そんな訳ねえだろ？　荻原くん考えすぎだよ君は。さあ行こう行こう」

長崎はそう言って、大熊と一緒に出口に向かっていく。健太郎は二人の背中を見つめながらこう呟《つぶや》いた。

「本当に……あのお婆さんが？」

ふと、背中に強い何かを感じた。健太郎は咄嗟《とっさ》に振り返る。すると、遠くに小さな小さな老婆が立っていた。その老婆はこちらにお辞儀をして、消えていった。

幻覚か。いや確かにそう見えた。

健太郎はその場で手を合わせ、冥福《めいふく》を祈った。そして、

「仕事だ」

自分にそう言って、二人の後を追っていく。

その時突然、ポケットの中にある携帯が鳴り出した。健太郎は足を止め、携帯の液晶を確認する。そこには、ずっと避けていた名前が表示されていた。

『渡辺《わたなべ》梓《あずさ》』

「……梓」

いずれこの時がくると分かっていた。しかし、健太郎は通話ボタンを押すことができない。出るのが恐い。

携帯は、いつまでも鳴り続けている。一分が経過しても、音は止まなかった。早く出てよ、と梓が言っているようであった。健太郎は意を決し、通話ボタンに指をもっていった。

「もしもし？」

緊張を含んだ声で電話に出ると、梓の文句が飛んできた。

「何やってたのよ。ずっと鳴らしてたのに」

連絡をしてきた意味。それは健太郎の予測していた通りだった。

「今、ニューヨークから帰ってきたの」

「……そうか」

渡辺梓とは、つき合ってもう四年になる。

だが、二年間の空白があった。洋服の勉強をしたいからと、突然アメリカに行ってしまった。その日から健太郎は梓を頭の片隅に置いていた。定期的に連絡があったが、『彼女』とは思わないようにしていた。

その梓が、日本へ帰ってきたのだ。

「ねえ健太郎？　今東京でしょ？」

健太郎は数秒の間を空けて、

「ああ」

と頷《うなず》いた。

彼女はまだ信じている。荻原健太郎が、一流のアパレル企業に勤務していることを。

「健太郎。今から会うのは……無理だよね？」

健太郎は、なかなか答えを出せなかった……。

EPISODE 2

運び屋

二〇〇六年三月二十七日。月曜日。

殺人事件としてニュースにも流れた『ゴミ屋敷事件』から約三週間が経過した。

春は、いつも突然にやってくる。

三月の終わりとはいえ、関東はまだまだ寒い日が続くだろう、と数日前まではそんなことを考えていたのに、昨日あたりから気候はガラリと変わり、この日の日中は春とは思えぬ暑さに薄手のコートを脱いだくらいだ。

今年も桜の季節がやってきた。

春の日差しを受けた桜のつぼみは大きく開き、日本中が鮮やかなピンク色に染まる。あまりの綺麗《きれい》さに人々は目を奪われ、ついつい足を止め、それぞれの思いに酔いしれる。

桜には不思議な力が宿っている。咲いているうちは幸せな気分になれるが、散れば心はブルーになる。

健太郎の心は今、まさに花びらが全て散ってしまったあとのような、ブルー一色に染まっていた……。

この日、暖かかったとはいえ、夜はまだ多少寒い。

現在の時刻は午後六時半。『何でも屋』での仕事を終えた健太郎は、コンビニの袋を提げて夜道を歩く。

健太郎の気持ちを重くさせている原因は、二週間前にアメリカから帰国した渡辺梓である。

二年前、相談もなしに突然自分の元からいなくなった梓を、健太郎は強引に消去し、もう恋人ではないと言い聞かせてきた。

しかし当時は簡単にふっきれるはずもなく、しばらくは抜け殻のような日々を送っていた。

俺たちは一体何だったのだろう……。

もしかしたら、自分だけがつき合っていると勘違いしていただけだったのか……。

だとしたら馬鹿馬鹿しい。

考えれば考えるほど鬱《うつ》になっていく。涙を流した時もあった。あの時は、自分の人生はもう終わったと、大げさかもしれないが、それくらい大きなショックを受けていた。何に対しても身が入らず、堕《お》ちていく自分が恐ろしくなるくらいだった。

彼女を忘れさせてくれたのは、時間だった。

時が経つにつれ、心についた傷は癒え、未練もなくなった。とはいえ、この二年間、新しく好きになった子はいない。

まだ完全に忘れていない証拠か……。

健太郎の脳裏に、梓の声が蘇《よみがえ》る。

本当に勝手な奴。

いきなり帰ってきて会いたい？

冗談じゃねえ、とどれだけ怒鳴ってやりたかったか。何度、電話を切ろうと思ったか。

最初は会うつもりはなかった。

が、このまま電話で終わらせるのはよくない。

直接会って、現在の自分の状況を正直に話し、ちゃんと別れようと決めたのだ。

その時が、刻一刻と訪れようとしている。

今日の午後七時、彼女がアパートにやってくる。

約束の時間まであと三十分。

健太郎は歩きながらしきりに時計を確認する。時間が進むにつれ、健太郎の緊張は高まっていく。

いや、胸が高鳴っている？

別れを決めたはずなのに？

ならばどうして無精ひげを剃《そ》り、美容院へ行き髪を整え、まるで『エリートサラリーマン』のような自分を作ったのだ？

どれだけ自分が成り下がったか、ありのままの荻原健太郎を見せてやればいいではないか。

矛盾している。

忘れたとはいえ、やはりまだ未練があるのか。

会ってしまえば当時のように彼女のことで頭が一杯になってしまうのではないか。それが恐い。

しかし、それならそれでいいのかもしれない。決して、『嫌い』になった訳ではないのだから。

一時の感情で、無理に別れることもない。

でも、彼女への気持ちは薄れている。

自分でも答えが分からない。複雑な心境である……。

電柱の明かりの灯《とも》った薄暗い道に、健太郎の足音が響く。

梓のことを考えながら歩いていた健太郎は、冷たい風に現実に引き戻され、もうアパートだ、とポケットから鍵《かぎ》を取り出す。

「健太郎？」

少し離れた所から聞こえてきたその声に、健太郎は下げていた顔をハッと上げる。

辺りは暗いというのに、健太郎の瞳《ひとみ》は、まるで彼女に吸い寄せられたかのように、すぐに梓の姿をとらえた。

アパートの部屋の前でしゃがんでいた梓はゆっくりと立ち上がり、懐かしそうに、安心したように、もう一度、名を呼んだ。

「健太郎」

短いようで、何と長い二年だったか。一瞬のうちに、様々な想い出が蘇る。彼女の声が、全身に温かく染み渡っていく。しかし健太郎は、素直に自分の気持ちを表に出せなかった。どうしても、意地は捨てられなかった。

「ああ」

とだけ返し、彼女の元に歩み寄る。

「少し、早く着きすぎちゃった」

辺りが暗いため、彼女の顔はよく見えない。ただハッキリしているのは、かなり髪が伸びたということだ。まるでモデルのような内巻きカール。服装も、薄手の白いコートに中はピンクのニット。下はチェックのミニスカート。アメリカに行って、彼女は少し派手になったようだ。しかし、健太郎は一切口には出さない。

「外じゃなんだから、とりあえず中入って」

感情も何もない、事務的で素っ気ない口調でそう言って、健太郎は鍵を開け木の扉を引いた。そして、そそくさと靴を脱ぎ、何も言葉をかけずに部屋に入り明かりをつける。

「お邪魔します」

キョロキョロと台所等を見渡しながら六畳の小部屋に入ってきた梓は、

「思っていたより綺麗じゃん」

と感心する。

「そう？」

冷たく返した健太郎は、

「適当に座って」

と言って、一切目を合わせずに台所に向かう。同じ空間にいるのが気まずくて、台所に逃げてきたのはいいものの、何をしたらよいのか健太郎は迷う。

とりあえず、缶コーヒーでも出すか。

冷蔵庫を開けた健太郎は、ふと手を止めた。

少し、冷たくしすぎだろうか。

突然、冷蔵庫のモーター音が鳴り、我に返った健太郎は、二本の缶コーヒーを手にして冷蔵庫を閉め振り返る。

健太郎は思わず驚いた声を上げる。

まるで幽霊のように、いつの間にか梓が目の前に立っていたからだ。

先程とはうって変わって、明るさの消えた梓は俯《うつむ》きながら、今にも泣きそうな声でこう聞いてきた。

「健太郎……怒ってる……よね？」

健太郎はあくまで平静を装う。

「べ、別に。どうして怒るんだよ」

と小声で答え、小部屋に戻る。そして、ドスッとベッドに腰掛け、梓にそっぽを向く。

「ゴメン……いきなりアメリカなんて行って。でも、どうしてもアメリカで洋服の勉強がしたかったの」

その気持ちは分かる。でも、相談くらいはしてほしかった。勝手に行かれて、どれだけ苦しんだと思っているのだ。

「私が全て悪いのは分かってる。でも、もし私の考えを聞いたら、健太郎は賛成してくれた？　止められたら、自分の決心が鈍ると思ったの。だから」

事情も聞いていないのに賛成も反対もあるか。どうして俺が悪いみたいな言い方をされなければならないのだ。

怒りは段々と高まっていく。しかしそれでも健太郎は感情をぶつけなかった。

「別に……何とも思っていないから。もういいよ」

「な、何だよ」

梓は健太郎の語尾に敏感に反応する。

「もういって……どういう意味？　私のこと……嫌いになった？」

二年間も姿を消しておいて、嫌いになった？　はないだろう。どうしていつもいつも自分中心の考えなんだ。

健太郎は答えられない。好きなのか、もう好きじゃないのか、葛藤《かっとう》する。よく分からない。

重い空気に耐えきれなくなったのか、梓は話題を変えてきた。

「健太郎の方は、どう？」

この日、初めて目が合う。化粧のせいか、梓は随分と大人っぽくなった。高知にいたときはまだまだ田舎臭い子供だったのに。

いや、化粧のせいではないか。一つの目標が、梓の表情を変えたのだ。

「どうって？」

「仕事の方。うまくいってる？」

仕事、この二文字が健太郎の胸に重くのしかかる。まだ、心の準備ができていない。

梓の中で荻原健太郎は、一流アパレル企業に勤めていて、洋服のデザインもこなせる、才能に満ちた男のはず。

それが今はどうだ……。

言え！　言ってしまえ！

アパレルはもう飽きてとっくに辞めて、今は『何でも屋』でスリルとちっぽけな金を求めて働くただのフリーターだと。

そして全部ぶちまけて、こんな女ふっちまえ！

「どしたの？」

顔を覗《のぞ》かれ、健太郎はつい目をそらす。

健太郎は、缶コーヒーを見つめたままこう言っていた。

「順調だよ。今……大きなプロジェクトを任されてんだ。だから、毎日忙しい」

つくづく自分が情けなかった。

どんな反応が返ってくるのか恐くて、いきなり真実は語れなかった。

梓はあと三日間、東京にいるそうだ。高知に帰る時までに本当のことを言えばいい。

大きなプロジェクト、という言葉に梓は表情を輝かせ声を上げる。

「すごい！　かっこいいね！　この二年間で健太郎もグッと成長したんだね」

膨らんでいく罪悪感。どうして俺が痛めつけられなければならないんだ。

「ま、まあね」

「で、どんなプロジェクトを任されてるの？」

その質問に健太郎の動きが止まる。

「え？」

そうきたか……。

健太郎は即座に頭を回転させ、妥当な答えを見つけた。

「まだ成功したわけじゃないから。成功したときに全部話すよ。そうじゃないと、恰好《かっこう》悪いだろ？」

既に恰好悪いが。

梓は頰を膨らませ、

「な〜んだ」

と残念そうに呟《つぶや》く。しかしどこか妙に嬉《うれ》しそうにしている。そんな梓を見ているのがとても辛《つら》かった。

「ねえ健太郎。そういえば今気がついたんだけど、仕事から帰ってきたんだよね？　どうして私服なわけ？」

鋭い指摘に健太郎はドキリとする。みるみると、背中や額に汗が滲《にじ》む。

ふと、テーブルに置いてあるコンビニの袋が視界に入る。

健太郎は冷静に嘘をついた。

「一度、帰ってきたんだよ。で、コンビニにでかけたわけ」

梓は納得したように頷《うなず》き、

「なるほどね」

と言いながらコンビニの袋を確かめる。

中には、カップラーメンとおにぎりとチューハイ。それを見た梓は呆《あき》れたように溜息《ためいき》を吐き、

「いっつもこんなのばっかり食べてるんでしょ」

と母親のような口調で叱ってくる。

「し、仕方ないだろ」

金がないんだから、とは言えない。

「これじゃあ栄養も何もあったもんじゃない。ちゃんと食べないと、頭が働かないよ」

「分かってるよ」

「……全く」

と呟いた梓は立ち上がり、台所へ向かう。

「エプロン……なんて無いよね？」

「ねえよ」

所々いじられるのが妙に不安で、健太郎も腰を上げ台所に急ぐ。

「何でもいいから食材ないの？」

「実家から送られてきた米と……レトルトカレーくらいかな」

不満そうではあったが、仕方ないというように梓は頷く。

「お米はどこ？」

と尋ねながら梓は台所中を探して袋に入った米を見つけ、手際よく作業を進めていく。

「健太郎は座って待ってて。疲れてるんでしょ？」

袖《そで》をまくり、米を研いでいる梓の姿をボーッと見つめながら健太郎は口をポカンと開く。

「……ああ」

つき合い始めた頃を思い出す。

自分勝手で、気が強くて、いつも扱いにくかったけど、時折見せる女らしさと優しさに俺は魅力を感じていた。

アメリカへ行って表情や恰好は変わっても、性格はあのままだ……。

健太郎はベッドに戻り、重い腰を下ろし、魂まで抜けてしまうような溜息を吐く。

もう一度、一からやっていけるだろうか。

そう思うと余計、真実を話せなくなる。

このまま嘘を通し続けることなんてできるだろうか……。

そんなことを考えていると、台所の方からカレーのいい匂いがやってきた。そこでようやく健太郎は我に返る。

どれだけの間、悩みに没頭していたのか。米が炊きあがるまでの時間を思い出せない。

何度か梓の声が聞こえたような気がするが、受け答えしていただろうか……。

部屋に、カレーの盛られた皿を持った梓がやってきた。

「はい、できたよ。梓特製カレー」

健太郎は鼻で笑う。

「特製って、レトルトだろ」

「文句言うなら食べさせないよ」

「すみません」

二人は向かい合わせに座り、スプーンを手に取る。

「いただきます」

と言って、健太郎はカレーを口に運ぶ。

「どう？」

感想を求められた健太郎は、

「ああ、うまいよ」

と答え、二口、三口と頰張る。

「何それ」

なぜか梓の不満そうな声。手の動きを止めて顔を上げると、梓が唇を尖《とが》らせこちらを睨《にら》んでいる。訳が分からず健太郎は、

「え？」

と戸惑う。

「全然おいしそうじゃない。本当においしいわけ？」

「お、おいしいけど……」

「だったらもっと、おいしそうな顔をするとかさ」

そう指摘され、健太郎は自分の態度に気づく。考え事のせいだ。自分では表に出していないつもりだったのだが。

「ああ……ごめん。ちょっと仕事のことでね」

その答えに、梓は心配そうな顔を見せる。

「実は、うまくいってないとか？」

「そうじゃないんだ。ちょっとね」

これ以上、『仕事』の話に触れられたくない健太郎は、話題を変えた。

「それより、アメリカではどうだった？　勉強すること、たくさんあった？」

そう尋ねると、梓は今日一番の笑みを見せた。それが妙に気味悪かった。

「ど、どうしたの？」

「だって、初めて私のことを聞いてくれたから」

「そ、そう？」

「ずっと怒ってるのかと思った」

「別に……で、どうだったわけ？」

改めて聞くと、梓は食べるのを止めて、目を輝かせながら話し始めた。

「それがね！ やっぱり向こうの人は感性が違うというか何というか、才能に溢《あふ》れた人ばかりで、凄《すご》い刺激を受けた。一から勉強した甲斐《かい》があったよ」

「そっか」

「だから、この二年間は決して無駄じゃなかった」

勝手にアメリカに行ったことを詫《わ》びているようにも聞こえた。

「それは、よかった。で、これからどうするわけ？ 就職するの？」

梓は一切の迷いがないというように首を振った。

「もう少し、勉強する。私の実力なんて、まだまだだから。もっともっと勉強して、一流のデザイナーになってみせる」

「もしかして、また海外に？」

梓は表情を和らげる。

「安心して。今度は東京の学校に行くから」

健太郎は心の内を読みとられないよう、普通の自分を演じた。

「……そっか」

ホッとしている自分がいた。

しかし心のどこかではまだ多少の不安がある。本当にまたうまくやっていけるのだろうかと。恋人同士とはいえ、長い時間が空いたのだ。まだまだ二人の会話はギクシャクとしているし、お互いどこか遠慮している。

二人にとって、二年間という月日はあまりにも長かったのだ。ポッカリと空いた溝を、埋めることができるのだろうか。大きな問題だって、まだ残っているし……。

結局、この日は梓の思い出話で止まり、『今の自分』を打ち明けることはできず、次の日の朝を迎えたのだった……。


三月二十八日。午前七時半。

この日の朝は目覚ましではなく、梓の声によって健太郎は起こされた。本当は八時半までに起きればバイトには間に合うのだが、今は一流企業のエリートとなっている。あまり遅いと不自然に思われると考え、七時半に起きる設定を作ったのだ。

「朝ご飯は？」

急いでスーツを着ながら慌てた口調で答える。

「いや、いい！　喰《く》ってたら間に合わないから！」

何もできない梓はただ健太郎の動作を見守るだけだ。

「そ、そう……」

スーツを着終え、今度は洗面所で髪の毛をセットする。しばらく使っていなかったハード系の整髪料の量を間違え、ガチガチヘアーになってしまった。

「ねえ、いつも朝ご飯食べてないの？」

洗面所から飛び出た健太郎は、何も入っていないサラリーマン時代のカバンを手に取る。

「大体ね。ギリギリまで寝ていたいんだ」

「それは分かるけど……」

それ以上、梓に時間を与えず、健太郎は履き慣れない革靴に足を入れる。

カーテンを開ける余裕もない自分を演じているのが、段々と嫌になってくる。

「今日は、早く帰ってくるの？　晩ご飯、どうしようか？　一応作っておくけど」

「帰る時間は分からないけど、晩飯は家で食べるから」

この時、健太郎は梓の顔をマジマジと見てしまった。

化粧をしていない彼女は……別人だ。眉毛《まゆげ》なんて、無いに等しい。

実際はこんな顔だったのかと、健太郎は驚きを隠せない。

「どうしたの？」

口をポカンと開けている自分に気づく。

「あ……いや！」

と誤魔化し、健太郎は扉を開けた。

「じゃあ、行ってくる」

起きてから部屋を出るまでの時間があまりにも早かったため、梓は唖然《あぜん》としている様子だった。

「い、行ってらっしゃい」

扉が閉まるまで、健太郎は小走りで駅の方へ向かい、角を曲がったところで足を止めた。カット。演技終了。

プツリと線が切れた途端、溜息《ためいき》がこみ上げた。澄みきった青空をボーッと眺めながら、

「何やってんだ俺」

と呟《つぶや》く。朝っぱらからこんな馬鹿馬鹿しいことやってんの、日本中でただ一人だろう。

「全く……エリートサラリーマンも楽じゃないよな」

とぼやきながら、健太郎は近くのコンビニに入った。そこで小一時間立ち読みをし、バイト先へと向かったのだった……。

雑居ビルの入り口付近には、『何でも屋・花田』の看板が出ている。

この変わったアルバイトを始めてから早三週間。段々と仕事にも人間関係にも慣れてきた健太郎は、居心地の良さを感じていた。それが良いのか悪いのか。とにかくもうしばら

くは続けてみようと思う。が、あの『ゴミ屋敷事件』以来、大きな仕事は来ていない。極端すぎるのも考えものだが、もう少し刺激のある依頼が来るのを健太郎は望んでいた。

「おはようございます」

事務所の扉を開き中に入った途端、花田の仰天した声が室内に響き渡った。

「お、おい。何だその恰好《かっこう》は。髪型だってお前……まるでサラリーマンみたいじゃねぇか」

健太郎は頭をかきながら、困った顔を見せる。

「ちょ、ちょっと事情がありまして……」

花田は苦笑いを浮かべながら首を傾げる。「スーツを着て出勤なんて、一体どんな事情だよ。訳が分からんぞ」

「落ち着いてから、話します。だから、今はそっとしておいてください」

自分のデスクにカバンを置いて間もなく、長崎と大熊が出勤してきた。二人の第一声は、勿論《もちろん》健太郎の恰好についてだ。

「おい荻原！　何だその恰好！　誰かと思ったぞ」

驚いた声を上げた長崎は、手をバンバンと叩《たた》きながら爆笑する。

おかしいのも無理はない。この事務所にピッチリとしたスーツは似合わなすぎる。健太郎は頬を赤らめながら、

「し、仕方ないんですよ」

と言い訳する。

「何かの罰ゲームか？」

大熊の野太い声は妙に耳にまとわりつく。健太郎は肩をブルッと震わせ、

「ち、違いますよ」

と大熊の傍から離れる。

「じゃあ何だよ」

長崎に深く問い詰められ、健太郎は答えに詰まる。その様子を見ていた花田が、助け船を出してくれた。

「さあ仕事仕事！　お前ら早く着替えろよ！　今日は朝から二つも依頼が入ってんだからな！」

「はいはい～」

長崎と大熊は怠《だる》そうに更衣室へ向かっていった。花田と目が合った健太郎は、軽く頭を下げた。

朝からこんなに疲れるなんて。今にも崩れ落ちそうだ……。

だが、『エリート』を演じるのは今日だけではなかった。どうしても梓に事実を話せない健太郎は、もう二日間、スーツ姿で出勤することとなった……。

三月三十日。木曜日。

この日は余裕を持たせるために、いつもよりも三十分早い、午前七時に起床した健太郎は、のんびりと朝の準備を整える。

クローゼットから出てきたのは、紺のスーツと白いワイシャツとネクタイ。健太郎は、台所で朝食を作ってくれている梓の背中を見つめながら、罪の意識で着替えていく。しかし、正直ホッとしている部分もあった。

今日の午後、梓が高知へ帰るからだ。ようやく偽りの生活から抜け出せると思うと、気が楽だった。

この三泊四日の間に、事実を話す機会は幾度となくあったはず。さすがに、二年間の溝が完全に埋まった訳ではないが、二人の距離は段々と元に戻っていき……いや、だからこそ話せなかったのかもしれない。

昨晩だって、二人の思い出を振り返れば振り返るほど、現実から逃げたいという気持ちが強くなっていった。結局、健太郎は底なし沼から這《は》い上がることはできなかった。

とりあえずもうしばらくは事実を隠しておこう。話すのは、『次に会った』時でいい。

健太郎はそう決断していた……。

朝の準備を全て整えたと同時に、梓の声が聞こえてきた。

「健太郎。朝ご飯できたよ」

毎日朝食を抜いている自分を心底心配し、一生懸命作ってくれた梓に申し訳なさを感じる。

なのに自分は平然と返事をしている。俺は本当にダメ人間だ……。

テーブルには、白いご飯と醤油《しょうゆ》のかかった目玉焼き、そして温かいおみそ汁が並んでいた。こんな温《ぬく》もりのこもった朝食なんて何年ぶりだろう。実家での生活を思い出す。

「どうしたの？　早く食べないと遅れちゃうよ」

梓の気持ちのこもった朝食に心を奪われていた健太郎はテーブルの前に座り、

「いただきます」

と丁寧に手を合わせ箸《はし》を取り、ありがたくご飯を口に運ぶ。その瞬間、様々な想いが溢《あふ》れ、瞳《ひとみ》には涙が滲《にじ》む。

「どう？　おいしい？」

健太郎は心を込めて返事した。

「おいしいよ」

「そっか。良かった」

「今日は、二時の新幹線だったよな？」

その質問に、梓は少し戸惑った様子を見せた。

「そう……だけど」

「気をつけて帰ってな」

「うん」

「東京にはいつ？」

「そんなに時間はかからないと思う。入学の手続きをするだけだからね」

「そうか。こっちへ来たら、どこへ住むつもり？」

梓は、少し照れながらこう言った。

「できれば、健太郎の近くに住みたいな」

嬉《うれ》しいはずの言葉が、今は複雑だ。

「ここらへんは、家賃高いぞ」

と、遠回しに断る。

「大丈夫。ちゃんとアルバイトするから」

「それなら……平気かな」

そんな会話をしているうちに、『出勤』の時間がやってきた。米粒一つ残さず綺麗《きれい》に平らげた健太郎はごちそうさまと頭を下げ、カバンを手に取り玄関に向かう。

「じゃあ、行くよ。鍵《かぎ》はポストに入れておいて」

「分かった」

「着いたら、携帯に連絡して」

「うん」

「じゃあ」

最後は、申し訳ない気持ちで一杯で梓の顔を見られなかった。健太郎は一度も振り返ることなく、駅の方へ進んだ。と見せかけ、コンビニで一時間立ち読みをし、事務所へと向かったのだった……。


元気なく事務所の扉を開いた健太郎は、花に水をやっている花田に力のない挨拶《あいさつ》をする。

「おはようございます……」

「おう。おはよう」

健太郎は、溜息《ためいき》を吐きながらデスクにカバンを置く。すると、水差しを持った花田がこちらにやってきた。

「おいどうした？　具合でも悪いのか。全然元気ないじゃないか」

「そう、ですか？」

「それに、今日もスーツかよ。一体なんだってんだ」

健太郎は、梓の姿を思い浮かべながら、こう答えた。

「心配かけてすみません。でも今日で、この恰好は終わりですから」

花田の目は、まるで変人でも見ているかのような目であった。花田は、理解できないというように首を傾げ、自分のデスクに戻っていった。

イスに座った健太郎は頭を抱え、小さく唸《うな》る。嘘をついたまま家を出てきてしまったことを、今更後悔する。

「馬鹿だ俺は」

こんな日に限ってだ。『問題』の客はやってくる……。

この日の事務所は、朝から一人も依頼者が来ず、閑古鳥が鳴いていた。午後に入ってようやく最初の依頼者が来たと思えば、花田の馴染《なじ》みの客で、貴重な仕事も花田がもっていってしまい、事務所には三人が残されていた……。

午後一時をまわり、昼食を済ませた三人は休憩室で賭《か》けトランプをして時間を潰《つぶ》していた。健太郎はあまり乗り気ではなかったが、二人の強引な誘いを断ることができず、仕方なく参加していた。その割にはトランプの引きが好調で、健太郎が一人勝ちしている状況であった。なのに全然嬉しくない。自分のことを信頼しきっている梓の姿が頭から離れない。

「あ〜やってらんねえよ！　少しくらい手加減しろよリーゼント頭！」

またもや金を持っていかれた長崎がテーブルにトランプを叩《たた》きつけた。長崎の言葉も耳には入らず、健太郎は気の抜けた顔で澄みきった空を見つめる。

「おい！　荻原！　聞いてんのかよ！」

「あ……はい」

「今日はいくら勝負しても勝てねえな」

と大熊がボソリと呟《つぶや》く。

「何言ってんだよクマ！　こんな奴に一人勝ちされて悔しくねえのかよ！」

「悔しいけどさ」

「だったらもっと気合い入れろ！」

そう言って長崎はバラバラになったトランプを乱暴に切り、配っていく。

勝っているから余計、もう止めましょうとは言えず、健太郎は目の前のトランプに手を伸ばす。

「それよりよ、荻原」

健太郎は、タバコを咥《くわ》えながら喋《しゃべ》る長崎に顔を向ける。

「はい？」

「てゆうか、お前のその頭なんなの？　今日だってスーツ着てきたろ。一昨日《おととい》と昨日と、聞きそびれちまったからよ」

あまりそのことには触れてほしくはないが、正直に話すしかないだろうか。咄嗟《とっさ》に嘘なんて考えつかないし、隠せばしつこそうだし……。

「実は……」

長崎と大熊は手を止め、その先に興味を抱く。

「僕には……」

事情を説明しようとした、その時だ。事務所に、男の声が響いてきた。

「おい！　誰かいねえか！」

客にしてはあまりに乱暴で興奮した口調。

健太郎は、借金取りを思い浮かべる。本当にそうだろうか？　花田さん、借金でもあるのだろうか？

三人は顔を見合わせ、休憩室から出る。すると、花田のデスクの近くに、龍《りゅう》の絵が描かれた派手なシャツに白いジーンズを穿《は》いたオールバックの若い男が立っていた。目は鋭く、殺気立っている。口の辺りの古傷が特徴で、『いかにも』といった感じ。にもかかわらず、全く臆《おく》していない長崎は近づいていき、

「依頼ですか？」

と普通に尋ねる。男は長崎を睨《にら》み付けながら、

「おう」

と二、三度頷《うなず》く。

「で……その依頼とは？」

長崎がそう尋ねると、男はある確認をしてきた。

「ここはよ、本当に何でも依頼を受けるんだよな？」

「ええ、まあ一応」

と長崎は答えた後苦笑し、言葉を付け足した。

「でも、法に触れる依頼はまずいっすけどね」

男は少し動揺した様子で、

「お、おう。なら大丈夫だ」

と口にするが、言葉と態度は全く逆である。健太郎は男を怪しい目で見ていたが、長崎はトントンと話を進めていく。

「で、用件は？」

長崎が改めて尋ねると、男は急におどおどしだした。

「実はよ……これを、ある場所に届けてほしいんだ」

男が差し出してきたのは、気にもとめなかった黒いセカンドバッグ。長崎はそれを受け取り、妙な目で見つめる。

「これ、ですか？」

「そ、そうだ」

「中は、何ですか？」

急に男の口調が荒くなる。

「そんなのはいいだろ。とにかく届ければいいんだ」

見られてはまずいモノでも入っているのか。よく見ると、ファスナーのところに小さな鍵《かぎ》がかかっており確認できなくなっている。

簡単に壊すことはできそうだが、まさかそんなことできるはずもない。

ますます怪しい……。とはいえ、口を挟むこともできない。合図を送ったって、長崎は意味を読みとってはくれないだろう。

それとも考え過ぎか？　一般の依頼者とは違う空気が漂っているのは確かなのだが……。

長崎はセカンドバッグの外側を念入りに確かめ、依頼を承諾した。

「分かりました」

外側だけ見て何の意味があったのだろうと疑問に思ったが、依頼者の前だ、止めることもできない。

「それで……これを誰に渡せばいいんでしょうか？」

長崎がそう聞くと男はポケットからクチャクチャのメモ用紙を取りだした。

「ここに書いてある住所に今すぐに持っていけ。そこに行けば分かる。いいな？　今すぐだ。時間がねえ」

男は妙にセカセカとし出す。何をそんなに慌てている？

長崎はメモ用紙に書かれた文字を確かめ頷く。健太郎の位置からは、何が書いてあるのかさっぱり分からなかった。


「了解しました。あとは、料金の方なんですが……」

金の話を切り出すと、男は左側のポケットから茶色い封筒を取りだし、長崎の胸に押し当てた。

「これだけありゃいいだろ」

戸惑いを見せながらも長崎は封筒を受け取る。中を確認する前に男は、

「頼んだぜ」

と言い残し、事務所を後にしていった。

バタンと扉が閉まると、事務所は静まり返る。

「何だったんだ？　アイツ」

怪訝《けげん》そうにしている長崎に、健太郎は声をかける。

「それより、長崎さん。いくら……入ってるんですか？」

そうだそうだ、と封筒の中身を確認した長崎の動きが、ピタリと止まった。

「届けるだけにしちゃ……支払いが良すぎるんじゃねえの？」

よほどの金額が入っていたのか、長崎の声が裏返る。

「いくらです？」

期待をこめて尋ねると、長崎は封筒から分厚い札束を抜き取った。あまりに数が多いため、一万円が左右に花開く。

予測していた金額よりも遥《はる》かに多く、健太郎は仰天し口をポカンと開ける。鈍感な大熊も驚きを隠せない。三人の中で一番冷静なのは長崎だ。

「こりゃ……二百万はあるんじゃねえ？」

生唾《なまつば》をゴクリと呑《の》み込んだ健太郎は、こくこくと頷く。

「で、ですね」

会話が止まると、三人は無意識のうちに札束に目を奪われていた。

やはり思っていた通りだ。あの男は怪しい。こんな金を残していったのだ。気になるのはセカンドバッグの中身。かなりあぶないモノでも入っているのではないか。いや、そうに違いない。『ゴミ屋敷事件』以来の大きな仕事だが、今回はハナから危険すぎる。

花田がいない今、決断するのは長崎である。だから余計不安だ。

「どうするんですか？　長崎さん」

健太郎は恐る恐る尋ねる。いつも勢いに任せて行動する長崎も、今回ばかりは慎重であった。即決はせず、かなり悩んでいる様子……ではあったが、ただそれだけのことだった。出した答えはいつもと何ら変わりなかった。

「よし。やるぞ」

既に決意のみなぎっている長崎を止められる者は誰もいなかった。

「ちょ、ちょっと本気ですか？　絶対に怪しいですって」

健太郎は長崎に口を塞《ふさ》がれる。

「バカ野郎。こんな大きな仕事、放棄してどうすんだ。てゆうか、もう依頼人いねえし。やるしかねえだろ」

「でも……ねえ大熊さん？」

意見を求められた大熊は頭をボリボリとかき、何も考えていないような答えを出した。

「二百万だろ？　いけばいいんじゃねえ？」

大熊に聞いた俺がバカだったと健太郎は後悔する。

「よし決まりだ！　行くぞ！」

健太郎は、扉に向かおうとする長崎の腕を引っぱる。

「長崎さん。せめて花田さんが帰ってくるのを待った方が」

長崎は呆《あき》れた顔をし、健太郎の手を振りほどく。

「今日は花田さんは夕方に帰ってくるんだ。それまで待ってたら日が暮れちまうだろ」

「じゃあ連絡だけでも」

「いいか？　花田さんがいない今、責任者はこの俺なんだ。俺が行くと言ったら行くの！

はいおしまい」

「でも」

「じゃあ荻原は残ってていいよ。でも、この報酬はクマと分けるからな」

そう言われると弱い。二百万はあるとして、百万は事務所に。もう半分を三人で分ければ……。金に困っている健太郎にとって、三十万以上の金額は正直魅力的であった。

「で？　どうすんだ？」

最後の決断を迫られた健太郎は、あまり乗り気ではなかったが首を縦に動かしていた。

「分かりましたよ。行きますよ」

渋々そう言うと、健太郎は思い切り背中を叩《たた》かれた。

「よし！　それでこそ男だ！　荻原！　急いで車の準備だ！」

健太郎は不安混じりの声で返事する。

「分かりました」

外に向かおうとした健太郎は、あることが気になり振り返る。

「それより長崎さん。指定された場所って……どこなんですか？」

その質問に長崎は再度メモを確認し、こう言った。

「横浜市中区山下町……山下埠頭《ふとう》、第一倉庫って書いてあるな」

「……埠頭？」

なぜそんな人気の無いような場所を指定したのだ？

それに、セカンドバッグを渡す相手は一体誰だ？

映画やドラマ、そして現実でも数多く事件が起きている埠頭という場所に、健太郎の嫌な予感はますます膨らんでいった……。


謎の怪しい客の依頼を受けた三人は、『何でも屋・花田』とペイントされた白い軽自動車に乗り込み、目的地へと向かっていた。

現在の時刻、午後一時四十分。時間指定はないが、どうやら急いだ方がよさそうだ。

鍵のついたセカンドバッグを大事に抱える長崎から気合いの入った声が飛んでくる。

「荻原！　飛ばしてけよ！」

ハンドルを握る健太郎は弱々しい返事をする。

「は、はい……」

やっぱり何となく悪い予感がする。こんなにも心配するくらいなら来るべきじゃなかった、と後悔しても、もう遅い。車は国道十六号線に入り、着実に『山下埠頭』に向かっている。このまま無事、任務を終えることができればいいのだが……。

道が空いているため、国道十六号線をアッという間に抜けた車は保土ヶ谷《ほどがや》バイパスに入り、横浜方面に進んでいく。この日の天気は雲一つない快晴で、時の流れも穏やか、ならよいのだが、そんな落ち着いた気分にはなれない。後部座席に座っている大熊はいつもと変わらず能天気だが……。

「何かこの頃、大金が入る日が多いなぁ。今回の金、何に使おうかな」

と、金のことしか頭にないようだ。彼には危機感というものが存在しないのだろうか。

「どうせクマはパチスロとかに使っちまうんだろ？」

鋭い読みに大熊は、あはは、と野太い声で笑う。

「バレた？」

「てか、いつもじゃん」

前を見据えてしっかりと運転する健太郎は、二人の会話を聞いて内心呆れていた。

「それより長崎さん」

「何だ？」

健太郎は長崎の手にあるセカンドバッグを一瞥《いちべつ》する。

「その中……一体何なんですかね？」

長崎はまるで骨董《こっとう》品でも見るようにじっくりとバッグを眺め、

「さあね」

と呟《つぶや》く。

「大きな物は入ってないようだな。何だろう……分かんねえや」

全く安心できない頼りない答え。

「どうするんです？　本当にやばいモノが入ってたら」

一人不安を感じている健太郎に長崎は冗談を言った。

「そん時は……海にでも捨てちまえばいいだろ。そんなことしたら俺たちまで海に沈むことになるかもしれねえけどな」

「やめてくださいよ。そんな冗談」

不安がっている健太郎を弄《もてあそ》ぶ長崎と大熊は心底楽しそうだ。しばらく車内は笑いに包まれていた。がその数分後、雰囲気は一変することになる。

異変を感じたのは、健太郎だった。

先程からしきりにバックミラーを確認している健太郎に長崎は、

「どうした？」

と声をかける。健太郎は、不審な表情を浮かべながら、もう一度ミラーを一瞥する。

「気のせいでしょうか。さっきから白いベンツがぴったりとくっついてきてるんですけど」

そう言うと、長崎と大熊は同時に後ろを振り返る。

「なんかイカつい兄ちゃんたちが乗ってるぞ。荻原、お前煽《あお》られてんだよ」

追い越し車線を走っていた健太郎は、ウィンカーを左に出して、真ん中の車線に移る。

するとなぜか、後ろのベンツも車線変更をしてきたのだ。

「やっぱりついてきますよ」

目の端にチラチラ映る白いベンツに平常心を乱された健太郎は、アクセルを思い切り踏み込む。一瞬、差を広げることができたが、所詮《しょせん》軽自動車だ。すぐに追いつかれてしまう。それどころか、更に車間距離を詰めてきている。少しでもブレーキを踏めばぶつかる距離だ。

「コイツら何だよ!」

明らかな煽りに長崎の口調が荒くなる。

「やっぱりつけてきてるんでしょうか」

声も、手も震えていた。健太郎は確認の意味をこめて、追い越し車線に移った。

どうだろう、と緊張の面もちで健太郎はミラーを確認する。

そこに、ベンツの姿はなかった。

遅い軽自動車をからかっていただけだろうか。

何はともあれ、ホッとした……のもつかの間、健太郎たちを嘲笑《あざわら》うかのように、ベンツは数秒空けて再び後ろにくっついてきたのだ。

ジワッと冷たい汗が滲《にじ》み、額からツーッと流れる。その感触がたまらなく気持ち悪かった。汗を拭《ぬぐ》った健太郎は、息を荒らげる。

こう何度も同じことが続くと、ただの偶然ではすませられなかった。

「やっぱりおかしいですよ」

長崎も大熊も押し黙ってしまう。健太郎は、長崎の手にあるセカンドバッグを顎《あご》で示す。

「そ、それですよ原因は。絶対にそうですよ！　だっておかしいですもん！」

慌てふためく健太郎を、長崎は一喝する。

「いいから黙って運転しろ！　こ、このバッグは関係ねえ！」

「そ、そうだよな」

言葉とは裏腹に、長崎も大熊も動揺している。

しつこく迫ってくるベンツに気を取られ、健太郎の運転も乱れる。車線から大きくそれ、慌ててハンドルを戻す。車内は大きく揺れるが、三人はそれどころではない。

ベンツを運転している男が、フッと笑ったのは気のせいか。健太郎の背筋が、ぴきぴきと凍りつく。

「あれ……絶対にヤクザですよね」

今更そんな確認をしていた。

そうに違いないが、二人の答えは返ってこない。後ろを見たまま固まってしまっている。

「だから言ったんですよ。こんな仕事やるべきじゃないって。あの依頼人もヤクザだったんですよ。俺たち、ハメられたんですよ！」

「とりあえず落ち着け。いいから運転に集中しろ」

「できるわけないでしょ。殺されるかもしれないのに」

自分で自分を追いつめていく健太郎は、そうだ、とあることが閃《ひらめ》く。

「そのバッグ捨てちゃいましょうよ。捨てればきっと追いかけてきませんよ」

「バカ。相手は本職だぞ。そんなんで止めるほど甘くねえよ」

「じゃあどうすんですか！」

「とにかく目的地へ向かえ！」

完全に追いつめられた健太郎は、アクセルを思い切り踏み込む。急加速した車はベンツを大きく離し、糸で縫うように次々と他の車を追い抜いていく。百五十キロに達しても健太郎はアクセルを緩めずバイパスを暴走する。が、やはり無駄な抵抗であった。ベンツは、やれやれ、というように簡単に追いついてきたのだ。

「荻原……ダメだ。逃げたって意味がねえ」

車のパワーの差を見せつけられ、長崎は健太郎にそう諭すが、死を予感する健太郎には彼の声は届かなかった。

ついに百六十キロにまで達した車はガタガタと揺れながら一直線の道路を突き抜けていく。しかしその直後だ。タイミング悪く、前方に三台の車が横一線に走っている。それでも健太郎はブレーキを踏もうとはしなかった。目を剝《む》き、前方の車に突進していく。

「おい荻原！」

長崎の危機に満ちた声が響く。健太郎はハンドルを左に切り、路肩に入り三台の車を一気に抜き去る。そしてすぐに一般車線に戻った。しかし、ベンツも同じ行動をとってきた。僅《わず》かな隙間をくぐり抜け、後ろにビッタリと貼りついてくる。

バックミラーから白いベンツが消える気配は全くなかった。それでも健太郎はスピードを下げなかった。緩やかなカーブに入っても一切ブレーキは踏まず、ハンドルの位置を少しでも間違えば横転するという危険な運転を続ける。

「おいおいおい！　荻原！」

長崎の怒声もエンジン音にかき消されてしまう。

カーブを抜けると車は百六十五キロにまで達した。

これでどうだ！　と健太郎は後ろを確認する。しかし、ベンツとの距離は全く変わってはいなかった。

「くそ！」

ハンドルを叩《たた》いた健太郎の目に、『狩場《かりば》』と書かれた緑の標識が映る。そこでようやくブレーキを踏んだのだった。

「狩場で下りるんでしたよね」

一瞬前を向いた長崎は、

「ああ」

と頷《うなず》き再び後ろに集中する。

ウインカーを出した健太郎はハンドルを左に切り、高速を下りる。

案の定、ベンツも同じ行動をとってきた。

「こりゃ完璧《かんぺき》やべえな」

と洩《も》らす長崎に対し、なぜか大熊は強気だ。

「だ、大丈夫だ。逃げきれるって」

「無理ですよ。車のパワーが全然違うんですから。さっきだって無理だったでしょ」

しかもここからは一般道。余計逃げにくくなる。

高速の坂を下りきった二台の車は、信号を左に曲がり、『横浜方面』に進んでいく。

その後も、ベンツは金魚の糞《ふん》のごとくピッタリと後ろに貼りつき、健太郎たちの逃走を許さなかった。地獄の底までついてくるような、徹底したマークだった。

「どうするんです？ どこまでもついてきますよ。本当に目的地に行っちゃっていいんですか？」

腕を組み、判断に迷う長崎はこう決断した。

「警察に連絡するしかねえだろ」

「そ、そうですね」

標識に、『山下町』という文字が出たその時だった。事態は、急変した……。

静まり返った車内に、健太郎の携帯電話が鳴り響く。時刻は午後二時十五分。

東京駅にいる梓か、それとも花田か？

「何だよこんな時に……」

運転しながら携帯を手にした健太郎は、表示されている番号に不審を抱く。

登録されていない番号。一体誰か？　いくら待っても鳴りやむ気配はない。早く出ろ、
というように……。

健太郎は、携帯を耳に当てた。

「もしもし？」

反応は、ない。健太郎の生唾《なまつば》を呑《の》む音が、車内に洩れる。

数秒の沈黙の後、男の冷静な声が聞こえてきた。

『もうそろそろお遊びは終わりにしようや』

「……え？」

その言葉の意味に戸惑う健太郎に、稲妻のような衝撃が走る。バックミラーに映る助手席の男が携帯を手にしているではないか。

「まさか……」

「おい荻原どうした？」

隣にいる長崎の声も聞こえないほど、健太郎は混乱に陥る。

『お前ら、篠田《しのだ》からシャブを預かってるな？』

「シャ、シャブ？」

長崎と大熊の目が咄嗟《とっさ》に向けられる。

このセカンドバッグには、シャブが入っているというのか……。

『それをどうするつもりだ？　え？』

最初は穏やかだった男の口調が、段々と荒くなる。窮地に追いつめられた健太郎はしどろもどろになる。

「いや……僕たちは……ただ、た、頼まれて」

やり取りに耳を傾けていた長崎も電話の相手に気づく。

「おい。まさかアイツらか？」

健太郎は小刻みに首を縦に動かす。

「マジかよ！」

『全く、ナメたマネしてくれるじゃねえか。ただで済むと思ってんのか？　ええ？』

あまりの恐怖に、健太郎は声を発することができない。呼吸が乱れ、眩暈《めまい》を起こす。びしゃびしゃに濡《ぬ》れた手が滑り、あわや横の車にぶつかりそうになる。

生きた心地がしなかった。しかしブレーキを踏めば殺される……。

どちらにせよ、もう終わりだ。

「おい荻原！」

グイグイと服を引っぱってくる長崎は血相を変えてこう言った。

「に、逃げろ！　やべえって！」

その声が相手に伝わったのか、男はフッと鼻で笑い妙なことを言ってきた。

『お前らは逃げられねえよ』

そこでようやく気づく。どうして、この電話番号を知っているのか。事務所に入り込んで調べたのか。いやそんなことをしていたら、尾行なんてできなかったはず……。

『ミラーを見てみろ』

健太郎は男の指示通り、バックミラーに注目する。

その瞬間、健太郎の瞳《ひとみ》はある人物に引き寄せられた。

何かの間違いだと、身を乗り出してバックミラーに食いつくように顔を近づける。

自分の目を疑った。頭が真っ白で、思考回路が破壊され、現実をのみこむことができない。

どうして、ベンツの後部座席に『梓』が乗っているのだ。ちんぴら風の男に口をおさえられている梓は必死に助けを求めている。

『この女、ビルの一階でお前たちの行動を隠れ見ていてな。そしたら案の定、お前らの仲間だったってわけだ』

どうして……。

高知へ帰ったんじゃなかったのか。

まさか、つけてきてたのか？ずっと、俺の態度に疑問を抱いていた？

「お、おい。どうした荻原」

放心状態の健太郎は、こう呟《つぶや》いた。

「僕の……彼女が乗ってます」

「はあ？　どういうことだよ」

ただハンドルを握り、アクセルを踏んでいるだけの健太郎の目に、太陽の光を反射した大きな大きな海が映る。山下公園を越えると、依頼者に指定された『山下埠頭《ふとう》』である。

相手も、人気のないそこに注目した。

『いいか？　女を返してほしければ、山下埠頭で車を停めろ。この命令に従わなければ、お前ら全員、東京湾に沈むことになるぞ。勿論《もちろん》、警察に連絡してもな』

梓が人質に取られているのだ。拒否することは許されなかった。

「……分かりました」

不安と覚悟の混じった声を返すと、電話はプツリと切れた。

「おい荻原！　どういうことだよ！」

冷静になれと自分に言い聞かせ、健太郎は事情を説明する。

「彼女が、ずっと僕を尾行していたらしくて」

「それだけじゃよく分からねえよ。どうして彼女がお前を尾行する必要があるんだよ」

「それは……」

今話すことではない。とにかく、梓を助けることが最優先だ。

「山下埠頭へ向かいます。いいですね？」

長崎は覚悟を決めたらしく、

「分かった。仕方ねえよ」

と力強く頷《うなず》く。大熊も、否定はしてこなかった。

「……すみません」

山下公園を越えた車は、『山下埠頭』に入っていった……。


梓を人質に取られ、身動きのできなくなった健太郎たちは依頼人の指示通り、『山下埠頭第一倉庫』のすぐ傍に車を停めた。目の前に広がる青い海が、嫌な予感をかき立てる。

間もなく、白いベンツも停車する。

再び、健太郎の携帯が鳴り響く。そんな小さな音にも健太郎は肝を冷やしていた。

「はい」

長崎と大熊は不安そうな目で健太郎を見つめる。

『エンジンを切って、ブツを持って降りてこい』

男は一方的にそう言って通話を切った。

「何だって？」

「バッグを持って、車から降りてこいと」

エンジンを切った健太郎はドアに手を伸ばす。しかし、鍵《かぎ》を解除するのを躊躇《ためら》ってしまう。

昼間だというのに、いくつも並んでいる倉庫の周りには誰一人としていない。人がやってくる気配もない。遠くに、海上保安庁らしき船が泊まっているが、こちらの様子には気づかないだろう。

車を出れば、最悪の事態が待っているのではないか。そう考えれば考えるほど決心が鈍る。しかし、自分は梓を守らなければならない。恐れている場合ではないのだ。

健太郎は腹をくくり、ドアの鍵を解除し、一歩外に出る。少し遅れて、長崎と大熊も車から降りる。三人は、まとまっている方が安心だと、身体を寄せ合う。冷たい潮風が、身体の震えを強くさせる。大空を優雅に飛び回る鳥たちが、これほど羨《うらや》ましかったことはない。

ベンツのドアが、ゆっくりと開いた。

心臓が縮む思いだった。それでも健太郎は目をそらさず、口に手を当てられながら強引に外に出された梓をしっかりと見据える。しかし彼女の名を呼ぶほどの勇気も気力もなかった。

暴れ回る梓は、

「健太郎！」

と叫ぶが、健太郎は一歩も踏み出すことができない。腰を抜かす寸前であった。

相手は三人。どの顔を見ても人相が悪く、危険な空気が漂っている。

「助けて！」

梓の悲鳴が、胸に重く響く。なのにどうしても足が動かない。

まず初めに口を開いたのは、助手席に乗っていた、三人の中ではトップと思われる白いスーツの男。

「困るよ。我々の大事なシャブを持っていかれちゃ」

口調はゆるやかだが、それだけに不気味だ。健太郎は、声を絞り出す。

「僕たちは……ただ頼まれて」

「今朝、組の二百万が金庫からなくなってね……その金も、受け取ったんじゃないのか？」

正直に言うべきなのか。誰も、答えられない。

「全く……君たちの事務所から出てくる篠田を見つけてなかったらどうなっていたことか。シャブは君たちの手に渡り……私たちの命はなかったよ」

あの篠田という依頼人は一体、どうなったのか？　逃げ切ることができたのか。それともまさか……。

「袋の中には五百グラムのシャブがある。約三千万の価値だ。篠田ともう一人の組員に、ある組に届けるよう指示したんだが……奴に誰に届けるように言われた？」

もう一人の組員？　篠田はもう一人と行動していたのか。

それにしてもなぜ篠田は上の命令に背いて自分たちにここに運ぶよう依頼したのだろう。

「おい！　質問に答えろ！」

運転していた坊主頭の男が睨《にら》みをきかせながら詰め寄ってくる。

「いえ……ただここに運ぶよう言われただけで」

と健太郎がおどおどと答えると、白いスーツの男の顔が突然変化した。

「何？　ここに運ぶよう言われたのか！」

と、ただ事ではないといった様子。男はそう言ったあと、深く考え込む。

「健太郎！　助けて」

恐怖に怯《おび》える梓を見ていられず、健太郎は思い切って一歩を踏み出す。しかしこの行動が、相手の怒りに触れてしまった。

「動くな！」

スーツの男はとうとう胸ポケットから銃を取りだし、こちらに向けてきた。健太郎は腰を抜かし尻餅《しりもち》をついた。慌てて土下座する。

「お、お願いします。彼女を、せめて彼女だけは助けてください」

「立場が分かってねえようだな。まずはブツをこっちによこせ」

男は妙にせかせかとしているが、健太郎たちにはそんなことを考える余裕などない。

「……はい」

言われた通り、長崎が男たちに歩み寄っていく。

そして、セカンドバッグを男に差し出そうとした。

その時だった。

全く人気のない埠頭に、フロントガラスにまで薄いスモークの入った黒塗りの高級国産車がやってきた。銀ではなく金色のエンブレムが、怪しげな光を放っているが、まさか……。

健太郎たちの背後に停車した黒塗りの車から、四人の男がスッと降りてきた。一人は真っ黒いスーツにサングラス。他の三人は柄シャツを着ている。四人とも皆、殺気に満ちた迫力のある顔つき。彼らも、『いかにも』といった雰囲気。いや、事実そうに違いない。ヤクザに囲まれた健太郎たちは、口をあわあわとさせながら両方を見比べる。健太郎の心臓は、もう今にも破裂しそうであった。

男たちのジリジリとした睨み合いは続く。

初めに口を開いたのは、白いスーツの男。

「これはこれは、西田《にしだ》組のみなさんじゃないですか」

男は平静を装っているが、胸中穏やかではないはず。言葉とは裏腹に、険悪な空気に満ち満ちている。

すると、黒いスーツの男がこう呟《つぶや》いた。

「篠田の野郎……どういうつもりだ」

これで何となく予想がついた。

依頼人、篠田は純粋に金に目が眩《くら》んだのだ。上の命令に背き、西田組にシャブを売ろうと考えた。破格の金額で。そんなところじゃないのか。

白いスーツの男は鼻で笑った。

「残念だったな。アンタらにシャブは渡さねえよ」

その言葉に、西田組の若い連中が吠《ほ》えた。

「ふざけんな！」

「手ぶらで帰れるかよ！」

黒いスーツの男が、まあまあと下の連中を抑える。

「まあそういうこった。ガキの使いじゃねえんだ。手ぶらで帰ったらカシラに顔向けできねえ」

「知るかそんなこと！　もともとブツはこっちのもんだ。お前らは海にションベンでもしてさっさと帰りな」

白いスーツの男が西田組を挑発する。

殺気だった空気が辺りを包む。

「なあ兄ちゃん。さっさとブツをよこしな。女は返してやるからよ」

白いスーツの男が歩み寄ってきた、その時だった。

「カスどもが調子に乗ってんじゃねえ！」

若い男の怒声が、澄んだ青空に響いた。

おちょくられたことに腹を立てた西田組の一人が拳銃《けんじゅう》を取りだし、躊躇《ためら》いもなしに相手に向かって発砲した。

パン、という乾いた音と火薬の臭いが周囲に広がる。弾は誰にも命中はしなかったが、その一発で事態が収まるはずがなかった。全員が拳銃を取りだし、突然の銃撃戦が始まった。

放心する健太郎たちは、海の方に後ずさる。男たちは車の陰に隠れ、銃を撃ち合っている。映画のワンシーンでも見ているようだった。

その時だ。用無しになった梓が、乱暴に放り出された。車が盾になっているとはいえ、決して安全とはいえない場所に彼女は立ちつくしている。

「梓！」

健太郎の身体は勝手に動いていた。自分の命よりも、彼女を助けることの方が大事だった。健太郎は、弾が飛び交っている中をがむしゃらになって走る。

何事もなく梓の元に辿《たど》り着いた健太郎は、呆然《ぼうぜん》としている彼女の頭を抱え地面に屈《かが》む。

銃声は、未《ま》だ鳴りやまない。彼女の身体は、激しい痙攣《けいれん》をおこしていた。健太郎は、大丈夫だから、と言い聞かせ、更に強く抱きしめた。

健太郎がハッと目を開けたのは、それから間もなくのことだった。長崎の声が聞こえたからだ。彼の方に視線を向けると、ヤクザたちを気にしながらこちらに手招きをしている。

健太郎は無理だと首を振るが、長崎は手振りを大きくさせる。

長崎は何を考えている。

判断に迷っていると、長崎は軽自動車の方に指を差した。

逃げるつもりか。しかしうまく逃げられるだろうか。だがここから立ち去らなければ余計危険なのは事実。

銃撃戦はまだ続いている。

逃げるならいまのうち……。

決心した健太郎は、梓の手を強く引っぱって軽自動車の方に走る。それを見た長崎と大熊も同じ方向に駆け出した。

軽自動車に辿り着いた四人は、急いで車に乗り込む。長崎の手に、セカンドバッグはなかった。どうやら適当に置いてきたようだ。

奴らはまだこちらの動きには気づいていない。運転席に座る長崎に、健太郎は後部座席から声を飛ばした。

「長崎さん！　早く！」

エンジンをかけた長崎はアクセルを一杯に踏み込む。急発進した車は、未だ銃撃戦が続いている埠頭《ふとう》を後にしたのだった……。

一般道に出た車は、何事もなかったかのように『町田』方面に進んでいく。

バックミラーをしきりに確認する長崎は、ホッと息を吐いた。

「何とか逃げ切ったな……マジやべえよアイツら」

健太郎は、まだ普通に喋《しゃべ》れる状態ではなかった。

「彼女、大丈夫か？」

長崎のその言葉で健太郎はようやく気づく。あまりの恐怖から脱出し安心したのか、梓は気を失ってしまっていた。

「はい……大丈夫です」

それから健太郎は事務所に着くまで一言も口を開くことはなく、ずっと梓の眠っている姿を見つめていた……。

今回の事件は、思わぬ展開を見せた……。

『只今《ただいま》入ってきたニュースです。今日午後二時半頃、神奈川県川崎市の路上で、放置されていた車の中から、男性の遺体が発見されました。殺されていたのは、小野寺《おのでら》組系暴力団組員、安野仁《やすのひとし》さん二十六歳で、遺体には数ヵ所、ナイフのようなもので刺された跡があり、警察は殺人事件として、同じ小野寺組系暴力団の組員、篠田真次《しんじ》容疑者の行方を追っています。篠田容疑者は……』

健太郎の脳裏に、顔面蒼白《そうはく》であった依頼人、篠田の顔が過《よ》ぎる。

殺人まで起こしていたなんて……。

ニュースの途中で、花田は二百万の入った封筒をデスクに放った。横一列に並んでいた健太郎たちは、同時に花田に目をやった。

「大金にばかり気をとられるから、こんなトラブルに巻き込まれるんだ」

いつも陽気な花田も、この日ばかりは違う。こんなにも真剣な顔つきは初めてだ。

「すみません」

と長崎が深く頭を下げた。

「恐らく、明日《あした》にでも警察から事情聴取されるから、覚悟しておけ」

白昼に起きた銃撃戦についてはまだニュースにはなっていないが、その辺りも全て話すことになるだろう。

反省する三人を見て、厳しい表情を浮かべていた花田は少し口調を和らげた。

「まあでも、お前たちに何の怪我も無くてよかったよ」

健太郎はその言葉を聞きホッとするが、長崎はまだ安心しきれていない様子だ。彼は、封筒を見つめながらこう言った。

「でも俺たちヤバくないすかね？　顔だって完全にバレてるし……」

それを聞き、なぜか花田は長崎の心配を鼻で笑った。

「大丈夫だ。安心しろ」

「どういうことすか？」

花田は、淡々とこう答えた。

「小野寺組にはちゃんと話をつけておく」

当たり前のように花田は言うが、三人には到底理解できない。花田にそんな力があるとは思えないが。

「よく分かんないんすけど。どういう意味すか？」

と長崎が疑問を投げかけると、花田はイスに腰掛け、深い溜息《ためいき》をつき、意味深な言葉を洩《も》らした。

「仕方ねえ……話してやるか」

この時、健太郎はまさか花田も？　と胸騒ぎを感じたが、その予想は見事にはずれた。

「昔俺は、警視庁のマル暴の刑事でな」

それを聞いた瞬間、三人は同時に驚きの声を発した。

「刑事！　マ、マジすか！」

「ああ。だから、ここらの暴力団の組長とは顔見知りでな。俺が顔を出せば、何とかなるだろう。まあその二百万は返すことになるだろうがな」

今回の報酬がゼロと分かり長崎と大熊は落胆するが、健太郎はそれでいいと考えていた。使ってしまえば、因縁が残る気がする。もうあんな連中とは関わりたくない。

「でも、どうして刑事やめたんです？」

長崎がそう問うと、花田は深く考え込んでしまった。結局、その答えは聞かせてはもらえなかった。

「まあ人間、色々あるってこった」

健太郎はふと顔を上げ花田を見つめる。

よほどの事情があったのか。それ以上は誰も聞かなかった。

「でも驚いたな。花田さんが刑事やってたなんて。そのおかげで命拾いしましたよ」

その通りだ。刑事だったなんて、考えてもみなかった。そんな雰囲気、全然ないのだが。

昔と今とでは、表情が違うということか……。

「もう花田さんの前じゃ悪いことできないすね」

長崎の言葉に花田は苦笑する。

「そうだよ。これからは大人しくしてろよ」

花田が冗談っぽく言うと、ようやく事務所に明るさが戻った。とはいえ、健太郎の心はまだ暗い。

「それにしてもあの依頼人、人殺しまでしてたなんてな。そこまで金がほしかったって訳か。今頃、どこにいるんですかね？　花田さん」

長崎の問いに、花田は不気味な笑みを浮かべこう返した。

「もしかしたら、東京湾に沈んでるかもな」

一瞬事務所が凍りつく。刑事であった花田がそう言うと、妙に説得力がある。

「でもよ、こんなヤバい目にあったのは、荻原、お前の彼女のせいだぞ」

梓の怯《おび》えた表情が脳裏を過ぎる。

「すみません」

「お前さ、前に彼女いないって言ってたよな？　どういうことよ」

今は梓のことで頭が一杯で、全てを話す気にはなれなかった。

「すみません。今日は、勘弁してください。お願いします」

それでは納得できない長崎に、花田はこう言った。

「長崎。さっき言ったろ。人間、色々あるんだ。それ以上は聞いてやるな」

「まあ、花田さんがそう言うなら……」

強引に話を終えた花田は、元気良く両手を叩《たた》いた。

「よし。今日はみんな疲れたろ。帰れ。明日からまた頼むぞ」

長崎はふらりと手を上げ、

「了解。お疲れっす」

と返事して大熊と一緒に事務所を後にした。

一人その場に残り、落ち込んでいる健太郎に花田は優しく声をかけた。

「あまり深く考えるなよ。大丈夫。彼女もきっと、お前の気持ちを分かってくれるさ」

まるで、こちらの事情を全て知っているような言い方だった。

目が合うと、花田は微笑み、頷《うなず》いた。

「ありがとうございます。お疲れさまでした」

健太郎は深く頭を下げて、その場を去った……。

事件の方は一件落着したが、健太郎の中では全ては終わっていない。アパートに待たせている梓とちゃんと話をしなければならない。

ただ、どう話せばよいのか。何から話したらよいのか。まだ頭の整理がつかない。それ以前に、梓は冷静に話せる状態にあるだろうか。あんな恐ろしいことに巻き込まれたのだ。もう少し時間が必要かもしれない。

階段を下り、ビルから出た健太郎は、夕日に照らされた影に驚き立ち止まった。

ボストンバッグを持った梓が、立っていたのだ。

「……梓」

先程まで怯えていたのが嘘のように、梓はしっかりと健太郎を見据えている。表情を見る限り、彼女の中に迷いはない。彼氏の裏切りを、この現実を、受け止めている。

健太郎は、逃げ道を塞《ふさ》がれた気分であった。ごまかしや言い訳は通用しない。正直に、話すしかなかった。

アパートに戻ってちゃんと話さないか。健太郎はそう言おうとしたがやめた。

ボストンバッグを持っているということは、そういうことだ。

「もう、平気なのか？」

彼女からの返事はない。

「悪いと思っている。あんな危険なめに遭わせて」

そんなことを聞きたいのではないと、梓は言っているようだった。

健太郎は、全てを話す決心をした。

「ごめん……ずっと、嘘をついてた」

引け目を感じる健太郎は、まともに梓の顔を見られなかった。

彼女の表情に、怒りや呆《あき》れはない。冷ややかな目で、こちらを見ている。

「ずっと、話そうと思っていたんだけど、なかなか言い出せなくて。ごめん」

梓は、相槌《あいづち》すら打たない。

「お、驚いたろ？　今は、ここでアルバイトしてるんだ」

どうしてだ。どうして何も言ってくれないのだろう。もっと責めてほしい。怒ってほしい。黙られると余計辛《つら》くて惨めになる。

「給料は安いけど、何かやり甲斐《がい》があるっていうか。面白いんだ。この仕事。今日みたいにちょっと危ない時もあるけど。いや、今日みたいなのは極端か」

健太郎のその言葉に、梓は腹を立てたようにこう言った。

「じゃあ、洋服の仕事は面白くなかったっていうの。やり甲斐がなかったっていうの」

健太郎は自分の気持ちを一切隠すことはしなかった。

「途中で飽きたんだ。毎日毎日やることが一緒で、刺激がなかった。俺が思い描いていたのは、ただの理想だったんだ。社会に出て、痛感したよ。でも辞めたからって、すぐにやり甲斐のある仕事には出会えなかった。梓がアメリカに行っている間、俺はずっと死んでたんだ」

　梓は悲しそうに、俯《うつむ》いてしまった。

「私、バカみたいだね。健太郎を信じて、一緒に頑張っているつもりでいた」

「本当に悪いと思ってる」

「私は、洋服の仕事に一生懸命取り組んでいる健太郎が好きだったのに……」

　あの頃は、全てが輝いていた。自信に満ち溢《あふ》れていた。

「私が見てきた健太郎は、もういないんだね」

　返す言葉が、見つからない。

「私ね、ここに来るまでに、真剣に考えたよ。これから私たちはどうするべきなのかって」

　健太郎は、次の言葉を待った。

　梓は顔を上げ、一言こう言った。

「別れよう」

　そう告げられても、健太郎は驚くことも、止めることもしなかった。梓がボストンバッグを持ってここに来た時点で予測していたことだ。

「健太郎と知り合って、四年だよね。アメリカに行っている間は会えなかったけど、最初の二年間は色々あったね」

思えば二人は洋服の勉強ばかりしていた気がする。洋服を見るために街を歩いたり、顔を寄せ合いながら雑誌を見たり。あの頃は夢と希望に満ち溢れていた。

健太郎は今頃思い出す。いつか二人で、店を出せたらいいねと語り合っていたのを。

勝手にアメリカに行かれて裏切られたと思っていたが、裏切ったのはこっちの方だ。彼女の心を大きく傷つけた。

そんな自分に、彼女を止める権利などない。

「……分かったよ」

そう返すと、梓は地面に置いていたボストンバッグを手に取った。そして、ゆっくりとこちらに歩み寄り、ポケットからあるモノを取りだした。

「これ……アパートの鍵《かぎ》」

少し錆《さ》び付いた鍵を受け取った健太郎は、

「ありがとう」

と呟《つぶや》く。

それから、しばらく重い沈黙に包まれた。別れを切り出したのは梓だった。

「健太郎。元気でね」

「梓も。洋服の勉強、頑張って」

本当は離れたくない。これが最後なのだと思うと、たまらない気持ちで一杯になる。

行くなと身体を引き寄せたい。でも、今の健太郎にはそんな勇気はなかった。

「じゃあね」

「じゃあ」

背中を向け合い、お互い歩き出す。

「健太郎！」

後ろで彼女の声が聞こえ、健太郎は期待を込めて振り返る。

梓は、晴れやかな表情を浮かべて最後にこう言った。

「助けてくれてありがとう。あの時は、本当に恰好良《かっこ》かったよ」

声を出せば涙がこぼれ落ちそうで、何も言えなかった。ただ頷くと、梓は再び背を向け駅の方に歩いていった。

彼女の後ろ姿が消えるまで、健太郎は見守っていた。結局、梓は二度と振り返ってはくれなかった。

これで梓との全てが終わった……。何と長くてもどかしい二年間だったろう。しかし終わりはアッという間だった。

しばらく、この胸の苦しみはおさまらないだろうが、正直、ホッとしている部分もあった。嘘をついているという罪悪感から解放されたのだから。

本当は今も好きだと思う。

でも、これで良かったんだ。今更アパレルの仕事に戻る気なんてないし、梓が別れたいというのだから仕方のないことだ。

「いいんだこれで」

健太郎は強引に自らを納得させ、歩き出す。

もう一度、梓の声が聞こえてくるんじゃないかと振り返るが、当たり前のように彼女の姿はなかった。

バカだ俺は。あんないい子を捨てたのだから。

健太郎の瞳《ひとみ》に涙が滲《にじ》む。

健太郎は、梓から返されたアパートの鍵を握りしめ、歩き出したのだった……。

EPISODE 3

政略結婚

昨日、関東全域に停滞していた大型台風が過ぎ去ったと同時に、気温はグンと下がった。今年の夏は例年よりも比較的涼しく、毎年残暑が厳しい九月も過ごしやすい日が続いていたが、更に気温が下がったせいで、この日は初秋だというのに朝晩だけではなく、日中もかなりの寒さを感じた。

気づけばもう十月。

早いもので、梓と別れてから半年が経とうとしていた。もうそんなに月日が流れたのか、と心ではそう思うが、別れた日の記憶は、昨日のことのように、鮮明に残っている。

別れてからしばらくはショックを隠せず、仕事にもあまり身が入らなかったが、時間が経つにつれ心の傷は癒《い》やされ、諦《あきら》めることができた。

とはいえ心のどこかでは、もう一度会いたいと思っているのかもしれない。たまに、梓が微笑んでいる夢を見るのだ。その日の朝は決まってブルーになる。会いたくても、彼女は傍にいない。

あれから、当たり前だが彼女からは一度も連絡はない。きっと、こちらの携帯番号など消してしまっているのだろう。まだ、自分の携帯には梓の番号は残っているが……。

どうして女と違って男は別れた後もズルズル引きずるのだろうか。

もう二度と会うことはないと言い聞かせているのに、半年という月日が流れたというのに、正直、頭の片隅には彼女の姿が残っている。諦めたはずなのに、多少の未練があるのか。かといって、彼女の全てを忘れてしまうのも寂しい気がする。

ただ一つハッキリしているのは、彼女と別れて罪悪感から解放されたことだ。重圧が消え、心は楽になった。

でもまだ自分はある人に嘘をついている。

高知にいる母だ。母は未《いま》だに、息子が大手アパレル企業に勤めるエリートだと思い込んでいる。実家から米や果物が送られ、母の声を聞く度に申し訳なさを感じる。が、今はこの『何でも屋』で働くのが心の底から楽しい。時折ヤバイ仕事もあるが、それはそれで刺激があって、やり甲斐《がい》がある。だからいつか、母にも真実を告げようと思っているが、それはもう少し先になるだろう。今はまだ何もかもが中途半端だ。この仕事をずっとやり続けていくという決心がついた時に、全てを話そうと思う。もしかしたら、この仕事にも飽きて、もっと違う何かを見つけているかもしれないし……。

真っ白い煙が充満する、緊張感に包まれた事務所の休憩室に、長崎の声が響き渡った。

「ツモ！　満貫《マンガン》！　四千オール！」

長崎の牌《パイ》が開かれた途端、三人の溜息《ためいき》が洩《も》れた。

「またかよ長崎。今日はツキまくってるな」

健太郎たちから点棒を回収する長崎は、へへへと満足そうに笑った。

「すんませんねえ。俺の一人勝ちで」

健太郎は、残りの点棒を数え、憂鬱《ゆううつ》になった。午前中だけで一万円負けだ。花田たちから強引に教えられた麻雀《マージャン》を始めて早一ヶ月。ほとんど勝った日がない。こんな調子じゃ生活費も危うい。本当は麻雀などやりたくないのだが、四人揃わないと出来ないので、抜ける訳にもいかない。

近頃思う。自分は、カモられているんじゃないかと……。

休憩室の時計を見た長崎は牌を混ぜながら、

「おい荻原」

と声をかけてきた。

「はい？」

冴《さ》えない顔を上げると、長崎は財布から千円を取り出し、それをこちらに渡してきた。

「メシ買ってきてくれ。釣りはいいからよ」

「じゃあ……俺も」

野太い声で、大熊も千円札を渡してきた。

「じゃあちょっと休憩するか」

花田はそう言って立ち上がり、休憩室を出て冷蔵庫から缶コーヒーを取りだし、まるでビールでも飲むかのようにぐびぐびと飲む。「早く戻ってこいよ。すぐに後半戦やるからな」

「……はい」

景気のいい長崎に元気のない声を返し、健太郎は事務所を出てコンビニに向かった……。

最近、事務所には大きな仕事どころか、簡単な依頼も入ってこない。だから一日中、麻雀をやる羽目になるのだ。ちょっとした依頼でもいいから客が来てくれないと給料だって入らないし、麻雀で金を吸われていく一方だ。この悪循環から早く抜け出したいのだが……。

自分や長崎たちの昼食を買い、コンビニから出た健太郎は、道路を渡っている最中、一瞬足を止めた。

事務所に用があるのか、ある一人が雑居ビルに入っていった。思いが通じたのかと、喜びたいところだが、依頼客とは思えない。ビルに入っていったその一人というのは、中学生くらいの女の子。黄色いワンピースにピンクのカーディガンを羽織った、純情そうな子だ。あんな幼い女の子が、事務所に用があるとは思えないのだが……。

健太郎は首を傾げ、その子の後を追うように事務所に戻った。

扉を開け中に入ると、花田のデスクの周りに三人は集まっていた。その中央に、今さっき見た女の子が立っていた。

「丁度良かった。荻原君。お客さんだよ」

「その子が……ですか？」

と言うと、女の子は丁寧に頭を下げてきた。

「初めまして。三星尚子《みつほしなおこ》といいます」

健太郎もつられて深く頭を下げる。

「どうも」

近づいてよく見ると、一切化粧もしていないし、眉毛《まゆげ》すらいじっていないが、顔立ちは非常に可愛らしく、上品そうだ。大人になったら、もっと美人になるだろうと想像が膨らむくらい、綺麗《きれい》な女の子だ。

「それでお嬢ちゃん。依頼内容は？」

幼い少女は相手にしない、という風に長崎は尚子に適当な態度で接するが、彼女は何とも変わった依頼を申し込んできた。

「はい。でもこんなこと、頼んでいいのか迷っているんですが……」

尚子が正直な気持ちを洩らすと、花田は優しく言った。

「大丈夫。ウチは何でも屋なんだから。可能な限り、やらせてもらうよ」

それを聞いて安心したのか、尚子の表情から緊張の色が消えた。彼女は肩の力を抜いて、口を開いた。

「内容は、簡単なんです。私の兄と、ある女性を会わせてあげたいんです」

健太郎は理解できなかった。会いたいなら会えばいいじゃないかと思うが……。

「どういうことだい？」

花田が聞くと尚子は、

「あまり、深い事情は話せないんですが……」

と、細かい内容を語るのを嫌がった。そんな彼女を見て、健太郎はますます怪しいと思う。

「じゃあ、二人はどれくらい会ってないの？」

花田の質問に、尚子はしばらく考え答えた。

「大学を卒業してからは一切会っていないです。ていうより、あちらのガードが堅くて、会わせてはもらえなかったんです。だから、四年近くになるでしょうか」

「強引に会いに行っちまえばいいじゃねえか」

尚子は、長崎に首を振った。

「だから言ったじゃないですか。ガードが堅すぎてそれはできなかったようです。それに……兄だってもう」

「ちょっと待ってよ」

と、健太郎は尚子の話を止めた。

「さっきからガードガードって言ってるけど、どういうこと?」

しかし尚子は、それすら答えようとはしなかった。

「別に、何でもありません」

長崎たちだって気になる部分のはずなのに、健太郎は逆に怒られてしまった。

「おい荻原! 途中で話を止めるな! で? 続きは? 兄貴は何だって?」

「はい……兄だってもう」

尚子は寂しそうに言った。

「結婚するんです。両親に、薦められた人と」

「何だよ。それじゃあダメじゃねえかよ」

長崎の無神経な言葉に、尚子は長崎をキッと睨《にら》み付けた。

「じょ、冗談だよ。怒るなよ」

「でもお嬢ちゃん。どうして今になって、急に会わせてあげたいと思うんだい?」

「実は……彼女、三日後に結婚式を挙げるんだそうです。お互い結婚したら、本当にもう二度と会えないと思うから。私には心の内を明かさないけど、兄は今も彼女のことが好きなんだと思う。彼女の結婚の話をしたら、寝込んじゃって。相当ストレスが溜《た》まっていたんだと思う。それから胃潰瘍《いかいよう》になって、今は病院にいます」

「何だ何だそれくらいで。情けねえなぁ」

健太郎は咄嗟《とっさ》に長崎の袖《そで》を引っぱった。

「長崎さん！」

尚子は、長崎を無視するように自分の想いを語る。

「彼女だって、最後にもう一度、兄に会いたいと思う。だって、あんなに仲が良かったんだもん。凄《すご》くお似合いのカップルだったのに……」

花田は腕を組み直し、臭い言葉を洩らした。

「現代版、ロミオとジュリエットってわけか」

「でもよ、お嬢ちゃん。その彼女は相当ガードが堅いんだろ？　兄貴と会わせるには、彼女を強引に連れ出す必要があるんじゃねえか？　てことは、こっちはかなりのリスクを背負うってわけだ。下手したら、警察沙汰《ざた》だ。それなりの依頼金がねえと、引き受けられねえな」

長崎には人情のかけらもないのだろうか。どうしてこんな時に金のことばかり考えているのだろうか。

すると、尚子も負けじとポシェットの中から一枚の小切手を取りだし、それを長崎に突きだした。

「お金ならあります。百万でいいでしょ？」

顔に似合わず大胆な尚子に、四人は驚きを隠せない。健太郎は0がいくつも並ぶ小切手にしばらく硬直してしまった。

「こ、これなら……文句はねえか」

と思わず長崎もそう洩《も》らす。

「どうするんですか？　花田さん」

花田はしばらく考える仕草を見せ、決心したように目をパッと開いた。

「お嬢ちゃんの気持ちよく分かったよ。深い事情はよく分からねえが、よし！　やってやろう！　二人を会わせてやろうじゃねえか！」

「花田さん……」

今回の依頼は、健太郎も賛成だった。尚子は謎の多い少女だ。リスクを伴うかもしれないが、それよりも、二人を会わせてやりたい気持ちで溢《あふ》れていた。

「どうかお願いします」

「お兄さんの方は問題ないとして、彼女の方は考えないといけませんね」

健太郎の言葉に花田は深刻に頷《うなず》く。

「だな。作戦を練る必要がありそうだが……期限はあと三日。それまでに何とかしないといけないな」

しばらくの沈黙の後、花田は尚子にこう告げた。

「依頼を実行する前夜、お嬢ちゃんに連絡する。それでいいね？」

尚子は、少し緊張交じりの表情で了解した。「分かりました。お願いします」

尚子は、百万の小切手を置いて事務所を出ていった。

四人は長い間、その場に立ちつくし、お互い考えに没頭する。しかし、なかなかいい案が思いつかない。

長崎が突然、口を開いた。

「よし。こういうのはどうだ？」

三人は長崎に顔を近づけ、彼の作戦を真剣に聞く。

聞き終えた健太郎は、不安を隠せなかった。「だ、大丈夫ですかね……そんな上手《うま》くいくんですか？」

「た、多分な」

長崎も、あまり自信はなさそうだった。

「じゃあ、彼女の方は長崎と荻原君に任せるとして……」

花田の言葉に、健太郎は不満を洩らした。「ちょ、ちょっと。僕がやるんですか……そんな危険な仕事。大熊さんの方がいいと思いますが」

「任せたぞ。よし、早速必要な道具を集めるぞ。俺にもいい考えがあるんだ」

「いい考えってなんすか？」

長崎が問うと、花田は笑うだけで教えてはくれなかった。

「そんなことよりも、本当に僕がやるんですか？」

聞こえているはずなのに、三人は何も言わずに休憩室に行ってしまった。

「全くもう……いつも強引なんだから」

そうぼやいた後、健太郎は尚子の顔を思い出した。

「でもまあ、今回ばかりは仕方ないか」

健太郎は、長崎の考えを実行する覚悟を決めたのだった……。


その夜、二十畳もある広々とした自室に、山内典子《やまうちのりこ》は一人閉じこもり、三星孝志《たかし》の顔を思い浮かべていた。

私はいつになったら檻《おり》の中の生活から出られるのだろうか。いや、結婚すればもっと自由はなくなるだろう。彼が助けにきてくれたら、どれだけ嬉《うれ》しいか……。

両親の手によって彼と引き裂かれて約四年。当時は、両親の目を盗んで会えると信じていた。でもその願いは叶《かな》わなかった。二十四時間、毎日毎日監視されていたせいで、一日会うことも許されなかった。きっと彼も私を何度も訪ねてきてくれていたに違いない。もしかしたら、すぐ近くにいたかもしれないのに。そう思うと、胸が苦しい……。

典子は机の引き出しから、ずっと隠し持っていた一枚の写真を取りだした。それは大学をバックに二人で写っている写真。思えばあの頃が一番幸せだった。この先、ずっと二人でいられると信じていたのに、突然私の人生は狂ってしまった……。

四年もの月日が経ち、孝志さんは今どうしているだろう。写真に写っている彼はまだ少し頼りない感じがするが、男らしくなっただろうか。彼はいずれ家業を継ぐべき人だ。きっとたくましくなっているに違いない。一目だけでもいい。彼にもう一度だけ会いたい。そしてしっかりと謝り、お礼を言いたい。

典子の温かい涙は、二人の写る写真にポタポタと落ちる。典子はこの夜、一晩中、孝志の姿を思い描いていた……。

十月八日。日曜日。

健太郎たちは、尚子と約束した三日目の朝を迎えた。この日、山内典子の結婚式が行われる。作戦を実行に移すこの日、四人の緊張感はピークに達していた。

午前、七時二十五分。東京都新宿区にある総合病院の駐車場に、一台の軽自動車が到着した。車内には、作業服を着た花田と大熊。二人は、病院の出入り口を不安そうに見つめる。三星孝志と尚子は、医師や看護師の目を盗んで出てこられるだろうか。彼がまず病院を抜け出せなければ始まらない。

花田は、しきりに腕時計を確かめる。約束の七時三十分を過ぎても、二人は出てくる気配がない。

「遅い……何かあったのか」

もう一度、花田が腕時計に目をやったその時だ。大熊の野太い声が上がった。

「あ！」

咄嗟に顔を上げた花田は、すぐさま車をおり、尚子に肩を借りながらこちらにやってくる三星孝志を迎えた。

「待ってたよ。なかなか出てこないから心配した」

手術後、数日が経っているとはいえ、まだ体調は完全ではないのだろう。三星の顔色は悪いし、入院生活のせいで体重も落ちたのだろう、頬はゲッソリだ。髪の毛も乱れているし、髭《ひげ》もちらほらと生えている。それが余計、彼を弱々しく見せる。ただ、瞳《ひとみ》だけは輝いていた。この日を待ちわびていたのだろう。

三星は花田に深々と頭を下げた。

「妹から話は聞きました。ありがとうございます。僕のために」

「お礼は妹さんに言うんだな」

三星と尚子は、しばらく見つめ合う。花田は微笑み、三星の肩に手をかけた。

「さあ行こう。病院の人間に見つかったら大変だからな」

花田は三星を後部座席に乗せ、運転席に戻った。そしてシフトを1に入れ、車を発進させる。駐車場を出た車は、甲州街道を一直線に走る。

「おいクマ」

花田が指示すると、大熊はコンビニの袋を三星に渡した。

「これは？」

花田はフッと笑った。

「髭だって生えてるし、髪の毛もボサボサだぞ？　特別な人に会うんだろ？　こんなことだろうと思って、買っておいたんだ」

三星は袋の中から髭剃《そ》りや整髪料、そして手鏡を取りだし、

「ありがとうございます」

と礼を言って、早速身なりを整えていく。

花田はバックミラーに映る三星を一瞥《いちべつ》し、声をかけた。

「まだ二人の連絡がないから何とも言えないが、彼女とどこで会う？　特別な場所はあるのか？」

三星は手を止めて、過去を思い出しながら呟《つぶや》いた。

「彼女とは長い間つき合っていたわけじゃないので、特別な場所はありませんが……別れる前に、二人で海外旅行へ行きたいねって話したことがあるんです」

「おいおい海外は無理だぞ」

「分かってます。だから彼女とは……成田空港で再会したいです」

花田は三星に勢いでこう言い聞かせた。

「だったらそのまま海外へ逃げちゃえよ！」

しかし三星はあくまで冷静だった。

「それは……できませんよ」

しばらく、重い沈黙に車内は包まれる。花田は、三星に何て声をかけたらよいのか分からなかった。

「それより、本当に彼女はまだ僕に会いたがっているんでしょうか？」

「それは分からないが、会いたいはずだ」

「実際、会えるんでしょうか？　今まで何度も彼女の家には行きましたが、会わせてはもらえなかった。しかも今日は結婚式当日ですよ。どうやって……」

花田の表情が突然厳しく変化する。

「少し強引だが、他の二人に任せよう。きっとうまくやってくれるさ」

「分かりました」

「それと、三星君」

「はい？」

「後で、君に渡したい物があるんだ」

「渡したい物？」

三星が首を傾げると、花田はへへと笑った。「それは後のお楽しみだ。さあ、成田空港へ行くぞ！」

国道を走る車は高速に入り、成田空港を目指したのだった……。


一方その頃、東京都千代田区《ちよだ》にある、竹林に囲まれた山内邸に、二台のセンチュリーが停車した。

同時に、少し離れた一角から、二つの影が現れた。警察官の恰好《かっこう》をした、いかにも怪しい健太郎と長崎は、気づかれぬよう、山内邸の様子を窺《うかが》う。

車が到着したということは、そろそろ動きがあるはずだ。不安と緊張を隠せない健太郎の顔色は段々と青ざめていく。覚悟を決めたとはいえ、やろうとしていることはほとんど『誘拐』だ。彼女に訴えられれば、自分たちは犯罪者になる。

しかし、あれこれ考えても仕方ない。やると決めたんだ。自分に課せられた任務だけを考えればいい。

落ち着かない健太郎は、長崎に話しかける。「花田さんの方は上手《うま》くいきましたかね？」

長崎はそれどころではないというように、「多分な」

と短く返す。

「長崎さん……こっちも上手くいきますよね？」

「いいから黙ってろ！」

長崎に叱られたその直後だった。山内邸の門が開き、中から礼服を着た親族が、まるで大名行列のようにゾロゾロと出てきたのだ。その中心にいる白いワンピースを着た若い女性に二人は注目した。

「彼女だろ」

「そうですね」

少し離れているのでハッキリとは見えないが、綺麗《きれい》で上品そうだ。背筋は少しも曲がっていないし、歩き方も丁寧だ。お嬢様といった感じがするが……。

歩く度に漆黒の髪の毛が太陽の光と混ざり合い、艶《つや》やかな色を放つ。ブラウン管の中にいる女優を見ているようだった。

ただ気になることが一つ。

彼女の表情はどこか寂しそうで、遠い何かを見つめている。そこには、三星孝志の姿が映っているのか。これから結婚式を挙げる女性とはとても思えない顔をしている。

両親であろう二人に挟まれて彼女が後部座席に座ると、車のドアが閉められた。その音が、健太郎の心臓に重く響いた。

「失敗は許されないぞ荻原。準備はいいな？」

健太郎は大きく息を吐き出し、凛々《りり》しい表情で頷《うなず》いた。

「はい」

間もなく、二台の車が動き出した。二人は傍にある『偽白バイ』に乗り、ポイント地点に向かったのだった……。

数分後、山内邸から少し離れた閑静な住宅街の道路に、二台のバイクが停車した。道を塞《ふさ》ぐようにして道路中央に降り立った二人は固唾《かたず》を呑《の》んで車が来るのを待つ。

「しくじるなよ荻原」

「分かってます」

緊張感に満ちる二人だが、改めて気持ちを整える時間などなかった。予想よりも早く二台の車がやってきたのだ。

「よし、やるぞ」

「……はい！」

長崎の合図で健太郎は、赤い点灯棒を車に向かって大きく振る。『警官』の指示だと疑っている様子など全くない運転手は、二人の前でゆっくりと停車した。

車内には両親と山内典子。三人と一瞬目が合うが、緊張を悟られないために健太郎は顔を伏せ、長崎についていく。車の窓が開くと、長崎は慌てた口調で運転手にこう言った。

「山内忠広《ただひろ》さんの乗るお車ですね？　すぐに降りてください！　今朝、警視庁に脅迫文が届けられました。結婚式場に向かう途中の車に爆弾を仕掛けたと！」

長崎のその言葉に車内の全員が青ざめ混乱に陥る。

「ば、爆弾？　それは……本当ですか？」

父親の声に重ねるように長崎は怒鳴り声を上げた。

「本当です！　さあ早く降りて！」

今だと、健太郎は打ち合わせ通り発煙筒をたき、それを車の下に放りこんだ。煙はみるみる車を包み込み、車内は真っ白く充満する。あまりに突然の事態に、誰も悲鳴すら上げられない状態だった。

「早く降りて！」

長崎のその一声で金縛りが解けた運転手と両親は車から降り、中央にいた典子もドアに手をかけた。その瞬間に健太郎が後部座席に座り、典子の腕を摑《つか》む。既に長崎は運転席に座っていた。

「何なんですか一体！」

パニック状態の典子に健太郎はまるで強盗犯が使うような言葉を言った。

「黙って暴れないで。静かにして！」

エンジンのかかっている車のハンドルを握った長崎はアクセルを踏み込んだ。急発進した車は両親ともう一台の車を置いてその場から逃げ去る。

とりあえずはうまくいったと、健太郎は溜《た》まっていた息をドッと吐き出した。事態を把握できない典子は怯《おび》えながら尋ねてきた。

「あなたたちは……何なんですか？　まさか」

健太郎はすぐに誤解を解いた。

「安心してください。僕たちは、三星孝志さんの妹、尚子さんに頼まれてやってきました」

そう言い聞かせると典子の顔から恐怖心が消えた。

「尚子ちゃんに？」

「ええ、そうです。乱暴なやり方ですみません。でもあなたを連れ出すには強引な方法しかなかった」

「どうして、尚子ちゃんが？」

健太郎は端的にこう言った。

「結婚する前に、お兄さんとあなたをもう一度だけ会わせたいと」

そう告げると、典子は口に手を当てて声を洩《も》らした。

「彼に……会えるんですか？」

「はい。今現在、孝志さんはウチの社員といるはずです」

想い出が溢《あふ》れてきたのか、典子は一筋の涙をこぼした。

「会ってくれますよね？」

確認すると典子は考えることなく頷いた。「勿論《もちろん》」

それを聞き、長崎が花田に連絡を入れた。「長崎です。たった今、典子さんを連れ出しました。『三億円事件作戦』成功です。はい……成田空港ですね。向かいます。では」

「成田ですか？」

「ああ。彼が成田を指定しているそうだ。どちらにせよこの辺りじゃ会えない。千葉なら安心だろう」

「そうですね」

二人のやり取りを聞き、何かを思い出したのか典子は、孝志さん、と声を洩らした。

「でもそう簡単には行けそうもないぜ」

「え？　どういうことです？」

長崎はバックミラーを一瞥《いちべつ》し、

「後ろを見ろよ」

と言ってきた。健太郎と典子は一緒に振り向く。二人の目に映ったのは黒いセンチュリー。猛スピードでこちらにやって来る。

「大事な娘がさらわれたんだ。そりゃ必死になるぜ」

捕まってしまうかもしれないというのに、長崎は不安を抱くどころか、むしろこの状況に興奮し、楽しんでいるようだった。バックミラーに映る長崎の目が、突然鋭く変化した。

「行くぜ！」

長崎がアクセルを踏み込むと、車は一気に加速し、閑静な住宅街を爆走する。健太郎と典子は左右に揺られながら、後ろとの距離を確認する。信号のない住宅街を走っているのでいくらスピードを出したからといって、なかなか距離は離せない。むしろ段々と狭まってきている。

「長崎さん！　追いつかれちゃいますよ！」

その言葉に長崎はチッと舌打ちし、それでもまだ余裕があるのか、フッと鼻で笑った。

「やるじゃねえか」

『止まれ』の標識も無視し、長崎は交差点を突破し、忙《せわ》しなくハンドルを左右に回し、細道に逃げ込む。今にも壁にぶつかりそうで、見ている方がハラハラする。通行人も、愕然《がくぜん》とした表情でこちらを見つめていた。

「くそ……しつけえな」

長崎が一瞬、後ろに気を取られたその時、健太郎は前方の踏切に気づいた。

「長崎さん！　前！」

タイミングが悪いことに、遮断機が周囲に警告音を発しながら下り始めた。長崎はそれを見てアクセルをベタ踏みするが、間に合う距離ではない。かといって、左右どこにも逃げ込める道がない。健太郎は前方と後方、両方に目をやりながらうわずった声を上げる。

「やばいっすよ長崎さん！」

しかし長崎からの返事はない。彼の表情は、みるみるうちに狂気に染まっていく。

「まさか……突っ込むんですか！」

長崎はハンドルを握りしめ、声に力を込めた。

「それしかねえだろ！」

約百メートル手前で遮断機は全て下りきった。それでも長崎はブレーキを踏まない。

「マジすか……」

周囲に広がる警告音とエンジン音。踏切の赤い光が、目の前にまで迫った。

「一か八かだ！」

典子は小さな悲鳴を上げ両手で顔を隠し、健太郎も見ていられずギュッと目を瞑《つぶ》った。

と同時に、車は遮断機を突き破り、踏切を突破。その刹那《せつな》、電車は猛スピードで走り抜けていった。後ろの車が足止めを食らっているうちに健太郎たちは国道に出て、高速方面に走っていく。

車をまいた長崎は、

「よっしゃ！」

と拳《こぶし》を握りしめた。

「あぶなかった……死ぬとこだった」

全身の力が抜けてしまった健太郎は情けない声を洩らす。

「そんなことよりセンチュリー傷つけちまったよ。やべえよな」

「車の心配してどうするんですか」

「だって高いんだぞ、この車」

「知ってますけど」

典子は、少し心配そうな表情を浮かべながらずっと後ろを見つめている。そして、こう呟《つぶや》いた。

「ごめんなさい。お父様、お母様」

三星に会いたいとはいえ、やはり罪悪感はあるようだ。そんな彼女に何て声をかけてやったらよいのか健太郎は分からなかった。

「あ……申し遅れました。私、荻原健太郎といいます」

自己紹介すると、典子は深々と頭を下げてきた。

「山内典子です」

「僕たちは、何でも屋といいまして、どんな仕事かといいますと……お客様の依頼を可能な限り、何でもやるという仕事です」

「荻原。何だよその当たり前な説明は」

「だってそう言うしかないじゃないですか」

健太郎は典子に視線を戻す。

「とにかくさっきも言ったように、僕たちは尚子さんの依頼を受けて、やってきたという訳です」

典子は納得したように頷《うなず》いた。

「世の中には、そんなお仕事があるんですね。よく分かりました。お願いします」

「尚子さんは、あなたが今日結婚するのを知っていたそうです。それだけじゃない。三星さんも、近々結婚するそうです。だから、二人が結婚する前に、会わせてあげたいと思ったそうです」

そう告げると、典子はしばらく考える仕草を見せ、

「……そうですか」

とポツリと言った。

二人の会話を聞いていた長崎が突然、不満そうな声を上げた。

「それにしても分からねえ」

「何がです？」

「アンタら二人がだよ。好き同士なら、親に反対されても一緒になればいいじゃねえか」

その言葉を受け、典子は辛《つら》そうに俯《うつむ》いてしまった。

「彼女にだって、事情があるんですよ。そうですよね？」

典子は、今にも消え入りそうな声で、

「はい」

と返事した。

「荻原さんの言うとおりです。正直、私は今も孝志さんが好きです。でも、親を裏切ることはできない。私が高田《たかだ》グループと結婚すれば、山内グループはなくならないで済む」

今の話を聞き、健太郎は典子の話を慌てて止めた。

「ちょ、ちょっと待ってくださいよ。山内グループって、あの山内グループですか？」

そう尋ねると、典子は普通に頷いた。

「はい。そうですけど。知らなかったんですか？」

「孝志さんの妹さんには、聞かされてなかったもので……」

事実を知り、健太郎は納得したと同時に、少し後悔した。山内グループの一人娘を『誘拐』して、ただで済むだろうか……。

山内グループとは、レストランやスーパーなど幅広い展開をしている、飲食関係ではトップクラスの企業だ。知らない人間などいないのではなかろうか？

「山内グループ？　知らねえなぁ。何だそれ？」

いた。知らない人間がここに……。

「ホントに知らないんですか？　超有名じゃないですか！」

「うるせえ荻原！　ちょっとくらい知識があるからって」

「いやいや。誰でも知ってますって」

長崎はただ首を傾げるだけだった。

「全くもう……」

山内典子の正体が分かり、健太郎はすぐにピンときた。

「じゃあまさか、孝志さんもどこかの……？」

遠慮がちに聞くと、典子は深く頷いた。

「はい。彼は、三星製薬の長男です」

それを聞かされ、健太郎は更に大声を上げていた。

「三星製薬！」

むしろ、三星製薬の方が有名なのでは？

隣で聞いていた長崎がのほほんと聞いてきた。

「何だ？　そんな大手なのか？」

あまりに無知な長崎に、もう溜息《ためいき》しか出てこなかった。

「三星製薬も知らないんですか。ＣＭとかバンバン流れてるじゃないですか」

「さあ。知らねえな」

もういい。この人は放っておく。

「でも、典子さん。そうなるとおかしいじゃないですか。相手が大手企業の長男なら、反対どころか賛成してもおかしくないと思うんですが」

「そうですね。でも両親は彼ではいけなかったんです。両親は最初から私の相手を決めていたんです。それが……同じ飲食関係の大手、高田グループの長男です」

「ってことは……」

典子は健太郎の次の言葉を自ら口にした。

「はい。政略結婚です。山内と高田が合併するための」

ただただショックだった。こんな酷《ひど》い話、ドラマの中だけだと思っていた。

最初は、孝志をただの優柔不断な男だと思っていたが、全てを知って考えが変わった。

孝志も、事情を知っているだけに辛かったろう。

「そういうことだったんですか」

しかし一番辛いのは典子だろう。先程自分でも言っていたように、今でも孝志は好きだが、両親は裏切れない。だから結婚を選んだ……。

「でもよ、好きじゃない相手と結婚するなんて、考えられねえよ。一般人にはよく分からねえや」

「私だって、山内グループの娘に生まれてこなければって思う。普通の家庭に生まれていれば、もっと幸せになれたはずだから。ずっと孝志さんといられたんだから」

「このまま二人で逃げようって思わねえの？」

長崎に究極の選択を迫られた典子は、

「……それは」

と言葉を詰まらせた。

「長崎さん」

と健太郎が注意すると、長崎はだらけた声を発した。

「何だよ。高速渋滞かよ。そう簡単に二人は会わせないってか」

健太郎は、複雑な表情を浮かべている典子に明るく声をかけた。

「もう少しで会えますよ。それと、ウチの社長が二人にプレゼントがあるそうですから」

「プレゼント？」

「ええ。まだ僕たちも知らないんですけどね」

「何でしょうかね？」

「楽しみにしていてください」

健太郎はようやく、典子の純粋な笑顔を見ることができた。

「はい」

「とにかく今日は他の全ては忘れて、二人の時間を大切にしてください」

「ありがとうございます」

「三星さんも、あなたに会えるのを楽しみにしてますよ」

「嘘みたいです。もう一度、彼に会えるなんて。会ったらまず彼に謝って、最後にお礼を言いたいと思います。尚子ちゃんにも感謝しないと」

そう言った後、典子は外の景色に目を移し、三星への想いを募らせているようだった。

しかし、二人の強い気持ちとは裏腹に、高速道路の渋滞は酷くなる一方で、東京都を抜けるだけで二時間を要し、千葉県に入ってもなかなか渋滞は解消されず、歯がゆい気持ちは膨らんでいくばかりだった。それでも典子は静かに待ち続けた。離ればなれだった四年間に比べれば、四、五時間はどうってことのない時間だったのだろう。少しずつではあるが、確実に二人の距離は縮まっている。そして午後二時過ぎ、三人を乗せた車はようやく成田市に入ったのだった……。

高速を下り、成田空港に近づいていくにつれ、典子の表情に緊張の色が浮かび上がる。

いやもしかしたら、不安も入り交じっているのかもしれない。彼女は彼にやましさを感じている。許してもらえるのだろうか、という気持ちもあるのだろう。

あと、どれくらいだろうか？

緊迫する車内に、長崎の携帯の着信メロディーが流れた。長崎は運転しながら携帯を取り、

「もしもし？」

と応対する。

「今ですか？」

どうやら、電話をかけてきたのは花田のようだ。

「あと十分くらいってとこですかね。そっちはもう着いてるんですか？」

受話器から花田の声が聞こえるが、何を喋《しゃべ》っているのかまでは分からない。

「駐車場……分かりました。行きます」

そう言って、長崎は電話を切った。

「花田さん、何ですって？」

「空港内じゃ人目がありすぎるから、駐車場で二人を会わせるってよ」

「そうですか」

長崎はバックミラーでこちらを見ながら、深刻そうにこう言った。

「もしかしたら、既に警察が動いているかもしれないからな。いや、動いているだろう」

「……ですね」

二人のやり取りを聞いていた典子は、深々と頭を下げてきた。

「すみません。私たちのために」

健太郎は優しく微笑んだ。

「大丈夫。僕たちのことは心配しないで」

とは言うものの、内心不安だらけだが……。

「……でも」

「ほら、そんな悲しい顔しないで、明るい顔で三星さんと会ってください」

「ありがとうございます」

そう言った後、典子は心の準備を整えるように、大きく息を吐き出し、胸に手を当て、目を閉じた。隣にいるだけで、あまり関係のない健太郎でさえ緊張してきた。

三人を乗せた車は、螺旋《らせん》状の道路を上り、成田空港の駐車場に進んでいく。遠い先には、何機もの飛行機。車内にいても、飛行機のエンジン音は心臓にまで響いてくる。

間もなく、車は再会場所である駐車場に到着した。太陽の光が遮断された途端、典子はずっと閉じていた目を開き、じっと前を見据える。長崎は花田の言うとおり、駐車場の最上階に車を進ませる。

空港に着くまで五時間以上かかったが、駐車場に入ってから最上階に着くまでの一、二分の方が、典子にとっては長く感じられたのかもしれない。彼女は落ち着かないように、辺りをキョロキョロと見渡し、彼の姿を捜す。

「どこだ……？」

と長崎が呟《つぶや》いたその時だった。典子が、

「あっ」

と声を上げたのだ。

前方に、花田、大熊、尚子、そして三星が立っている。彼の姿を見た瞬間、典子は、

「孝志さん……」

と涙声を洩《も》らす。健太郎も熱いものがこみ上げ、少し涙が滲《にじ》んだ。

間もなく、事務所の軽自動車の隣にセンチュリーが停車した。健太郎が先に降りて、

「さあ典子さん」

と声をかける。典子は、遠慮がちに車から降り、三星を見つめる。三星もまた、一瞬たりとも彼女から目を離さない。

「典子ちゃん」

三星が呼びかけると、典子はどうしたらよいのか分からないというように、俯《うつむ》いてしまった。四年という長い月日が、二人の間に大きな溝を作ってしまったのは事実だった。

三星が典子に歩み寄り、

「久しぶりだね」

と声をかける。典子は、彼に申し訳ないという気持ちからか、うまく話せないようだ。

そんな二人を見ていた花田がこう言った。「俺たちは車の中にいるから」

三星は、花田に深く頭を下げた。

「分かりました」

花田の合図で、健太郎たちはそれぞれ、軽自動車とセンチュリーの中に入り、二人の様子を見守る。三星も、みんながいる前では話しづらかったのだろう、典子と一緒に違う場所に歩いていった。

「このまま二人、どこかへ行っちゃったりしませんかね？」

健太郎の言葉に、長崎はこう返した。

「別にいいじゃねえかそれでも。二人が決めることだ」

長崎の言うとおりだ。自分たちに止める権利はないし、むしろ、二人は一緒になった方がいいのではないか。

そう、全ては二人が決めること。自分たちは、ただ待つのみ……。

典子の前を歩く孝志は、花田たちから少し離れた場所で立ち止まった。そして手すりに摑《つか》まって、大空を見つめる。典子は横に並ぶのではなく、ただ後ろに立ちつくしている。

この日が来るのを、どれだけ夢見たか。四年という月日は、孝志にとってもの凄《すご》く長い時間だった。納得できないまま彼女と別れたから尚更だ。典子に会いたい、一言でもいいから喋りたい。この四年間、ずっとそう思い続けてきた。

なのに、何から喋っていいのか分からない。時間が、経ちすぎていた……。

孝志は彼女に身体を向け、緊張交じりの声をかける。

「本当に、久しぶりだね。会いたかったよ」

典子は俯いたまま、小さく口を開いた。

「……私もです」

「あれから、もう四年が経つんだね」

あの頃と比べ、彼女は随分と大人っぽくなったように思える。当時は、『お嬢様』という感じが抜けなかったが、今は立派な女性だ。自分との別れ、そして今回の結婚が彼女を強くさせたのかもしれない。

孝志が過去を振り返ると、典子は顔を上げ、真剣な口調でこう言った。

「孝志さん。本当にごめんなさい。父の勝手な行動で、あなたを傷つけてしまって……」

孝志は、気にしていないというように首を振った。

「確かにあの頃はショックが大きかった。君の家にも何度も訪ねたんだよ。でも会わせてはもらえなかった。当時は本当に頭がおかしくなりそうだった。でも今思えば、仕方のないことだったんだ。君が謝ることじゃないよ」

典子は改めて孝志の優しさを感じた。

「孝志さん……ありがとう」

ようやく典子の笑顔を見ることができ、孝志は心底ホッとした。

「そうだ孝志さん。入院していたんでしょ？　身体大丈夫？」

「ああ。全然。君の顔を見たら治っちゃったよ」

孝志の冗談に典子はクスクスと笑う。

「今日、なぜこの場所を選んだか、分かる？」

そう尋ねると、典子は考えることなく頷《うなず》いた。

「勿論《もちろん》。海外へ行こうって約束したまま、行けなかったからでしょ」

「ああ。だからここが一番いいって思ってさ」

典子は孝志の横に並び、青い空を見つめる。「この四年間……お互い色々あったんだね」

長かったはずの四年が、彼女を前にするとアッという間に思える。

「ああ」

典子はこちらをじっと見つめ、こう言った。「孝志さん、随分とたくましくなったね。あの頃は、少し頼りなかったけど。やっぱり大人になったんだね」

「そ、そう？　頼りなかったかな……？」

苦笑すると、典子は明るく微笑んだ。

「そうだよ。デートの時はいつも私がリードしてたじゃない？」

孝志は頭をかきながら、

「そ、そうだっけ？」

と聞き返す。

「惚《とぼ》けないでよ、全く」

二人は顔を見合わせ、フッと笑い合った。それからしばらく、二人は楽しかった頃の想い出を振り返る。

つき合った月日は短いし、お互い慣れていなくてデートもぎこちなかったけど、本当に幸せだった。

しかしあの頃の二人には戻れない。戻ってはいけない。

「今、会社の方は順調？」

典子の質問に、孝志は少し困ったように答える。

「順調だけど、重役になってからは大変だよ。責任だって大きくなってくるし」

「そう。でも頑張ってるんだね」

そんなことよりも、というように孝志は話題を変えた。

「典子ちゃん」

「何？」

孝志は葛藤《かっとう》していた。何もかも捨てて、彼女を連れ去れと。典子に会う前は、ただ会えるだけでいい、気持ちよく別れようと決心していた。だが、彼女を見ていると、それでいいのかともう一人の自分が問うてくるのだ。

「ごめんね。せっかくの結婚式を台無しにして」

彼女の結婚について触れてどうする……。

「ううん。それはいいの」

「警察だって動いているだろうし、僕たち、色々な人に迷惑かけてるね」

「尚子ちゃんや、何でも屋の人たちには感謝しないとね」

「そうだね」

孝志はそれから何度も何度も言おうとした。

君のことがまだ好きだ。この想いは一生変わらない。会えなかった四年間、ずっと君のことを考えていた。

だから大切な物を何もかも捨てて、僕と逃げよう。一緒にいてほしいと。

だが、臆病《おくびょう》な孝志はそれがどうしても言えなかった。言葉に出せないなら行動で示そうとしても、手すら握ることができず、ただただ時間が過ぎていくばかり。

「ねえ孝志さん、憶《おぼ》えてる？」

彼女に本心を告げることばかりを考えていた孝志はハッとなる。

「何を？」

「最初にデートした場所」

「あ、ああ。映画館だろ？」

「そうそう。時間ぎりぎりでさ。どうしてか分かってる？」

「僕が……遅れたからだっけ？」

「そうだよ。もうあの時は本当にヒヤヒヤしたんだから」

「ごめん」

「それとさ……」

その時、二人の目が合い、孝志と典子は見つめ合う。

二時間以上が経って、ようやく孝志に告白する機会がやってきたのだ。

真っ赤な夕日が、二人の顔を紅《あか》く染めた……。

二人が自分たちの元から離れて二時間以上が経過していた。眩《まぶ》しい夕日に目を細めながら、健太郎は再び腕時計を確認する。

「遅いですね」

と後部座席にいる長崎に声をかけても、返事がない。振り返ると長崎は熟睡していた。

「こんな時によく寝られるよな……」

よく見ると、事務所の軽自動車にいる花田と大熊も寝てしまっている。尚子ただ一人が心配そうにしている。

尚子の本心はどちらなのだろう？　このまま二人が一緒になってほしいと願っているに違いない。自分だってそうだ。この想いが、二人に届けばいいのだが……。

二人が歩いていった方をじっと見つめていた健太郎は、

「長崎さん！」

と声をかけた。二人が、戻ってきたのだ。

長崎は眠そうに起きあがり、

「……やっと戻ってきたか」

と伸びた声を洩《も》らす。

車から降りようとした健太郎は、二人の表情に注目した。

何かあったのだろうか。共に、難しい表情を浮かべている。特に三星は、後悔しているような、そんな顔だ。

全員が車から降り二人を迎えると、三星は無理に笑みを作って、花田にこう告げた。

「今日は、本当にありがとうございました」

皆、三星の次の言葉に期待と不安を抱く。

「僕たちこれから……お互い幸せな家庭を築いていきます。今日の想い出を大切にして」

それが、二人の出した答え……。

しかしこの時、典子が悲しそうな目をしたのは気のせいか。

花田は三星の肩にがっしりと手を置いた。

「そうか、分かった。二人ともこれから、幸せになるんだぞ」

「はい」

典子は、俯《うつむ》いたままだ。

「どうした典子さん」

花田が声をかけると、典子は皆に笑顔を見せた。

「はい。ありがとうございます」

花田たちは気づいていないだろうが、この複雑な空気はなんだ。二人とも本当にふっきれたのか。

「よし。今日は俺から二人にプレゼントがある。おいクマ」

花田の指示を受け、大熊は軽自動車から二人にあるモノを出した。

それは、タキシードとすぐに着られそうな簡単なウエディングドレス。

「二人ともこれに着替えて。最後に写真を撮ろう」

別れる二人にどうしてそんな物を渡すんだと花田の無神経さを感じたが、健太郎はまさか、と考え直した。

花田はこうやって二人を一緒にさせようとしているのではないか。それなら名案だ。

「でも……それはさすがに」

典子を気にしながら着ることを躊躇《ためら》う三星に、花田はタキシードを押しつけた。

「いいからいいから。早く着替えて。さあ典子さんも」

意外にも典子は、悩むことなくウエディングドレスを受け取った。

「分かりました」

そう言って、典子は尚子を呼び、一緒にセンチュリーの中に入っていった。三星も、軽自動車の中でタキシードに着替えていく。

最初に車から出てきたのは三星だった。普段着からタキシードに着替えるだけで、随分と男らしくなったように感じる。しかし、表情には自信がない。まだ何かを迷っているのは明らかだ。それでも花田はあえて、三星にはプッシュしない。あくまで二人を見守るようだ。健太郎も、余計なことは言わないと心に決めた。

「似合っているじゃないですか」

健太郎が褒めても、三星には照れる余裕もないようだ。

「ありがとうございます」

と硬い表情でお礼を言って、センチュリーの方に身体を向ける。

しばらくすると、センチュリーのドアが静かに開かれた。尚子の後に、真っ白いドレスを着た典子が遠慮がちに出てきた。

「どう……ですか？」

三星は典子に感想を求められるが、口をポカンと開けたまま見とれてしまっている。

「似合ってますよね三星さん？」

と健太郎が三星の背中を軽く押すと、三星は我に返ったように、

「勿論《もちろん》」

と小刻みに頷《うなず》く。

「よし、じゃあ早速撮ろうか。二人とも壁の傍に立って」

二人は花田の言うとおり、壁の傍に立ち、ガチガチの表情でカメラを見つめる。

「もっと近づいて。腕も組もうか」

典子の方が積極的に花田の指示に従う。彼女の手が触れた途端、三星の身体に衝撃が走ったようだった。

「じゃあ撮るよ。はい笑って」

二人はぎこちない笑みを浮かべ、シャッターが切られるのを待つ。

花田がポラロイドカメラのシャッターを切ると、二人はホッとしたような息を吐く。

「まだだよ。もう一枚」

二人はもう一度硬い笑みを作って、フラッシュを浴びた。

「よしオッケイ！　あとは写真が出来上がるのを待つのみだ。二人とも着替えていいよ」

三星と典子は再び車の中に乗り込み、普段着に着替える。その間に写真は出来上がった。

花田によって作られた物だが、本当の夫婦のような、二人の表情は幸せに包まれている。

『何でも屋』はやるべきことは全てやった。あとは二人が決めることだ……。

車から出てきた二人に、花田から一枚ずつ写真が渡される。

「いい写真だろ。一生大切にするんだぞ」

典子は花田に心からお礼を言った。

「今日はありがとうございました。本当に嬉《うれ》しかったです」

肝心の三星は口を閉じたままだ。妹の尚子が、兄の背中を強く叩《たた》いた。

「お兄ちゃん！　典子さんに何か言うことないの？」

これが最後のチャンスだった。なのに彼は、典子にこう言ったのだ。

「今日はありがとう。どうか幸せになってください」

この時、健太郎は思った。実はもう、三星には彼女に対して特別な想いはないのではないかと。考えてみれば三星自身の想いは聞いていない。自分ただ一人が盛り上がっていただけなのではないか。もしそうなら、仕方のないことだ……。

二人は長い間、見つめ合っていたが、それ以上の進展はなかった。花田も、そう判断したのだろう。

「それじゃあ、そろそろ行こうか。私と大熊が典子さんをお送りします。誤解を解かないといけませんからね。警察から事情聴取されるでしょうし」

「その辺は大丈夫です。私に任せてください」

「助かります」

センチュリーに歩いていく典子は三星を振り返り、最後にこう言った。

「孝志さんも元気でね。また、いつかどこかで……」

しかし二人はもう二度と会うことはないのではないか。そう思うと胸が張り裂けそうだ。

「典子ちゃんも……元気で」

典子はセンチュリーの後部座席に乗り、車が発進するのを待つ。彼女はもう、振り向くことはなかった。

間もなく車は動きだした。二人の距離は段々と離れ、やがて典子の姿は見えなくなった。

三星は、二人の写真を悲しげに見つめる。

「これで……良かったんですか？」

聞いてもよいものなのか。しかし、聞かずにはいられなかった。

すると三星は首を振り、苦笑しながらこう言った。

「いいわけないでしょう……」

「だったらなぜ、彼女を引き留めなかったんです。もしかしたら彼女、待っていたかもしれないんですよ？」

「二人が一緒になれば、彼女の身内を苦しめることになる。そう思うと、肝心な言葉を言えなかった」

健太郎は考えさせられた。もし自分が三星の立場だったらどうするだろう。それでも強引に彼女を奪っただろうか。

三星は、本当に心の優しい人間なんだ。いや、優しすぎた……。

「これが二人の……運命なんですよ」

運命。三星はそう言うが、本当はそんな簡単に片づけられるはずがない。きっと後悔しているに違いない。

こうして二人は、再び悲しい別れをした。良い想い出になるのか、それとも苦しい想い出になるのか、それは分からないが一枚の写真を残して。

「うちらもそろそろ行くか」

長崎の一声で、健太郎たちは軽自動車に乗り込む。

しかしなかなか車に乗り込もうとしない三星に尚子が声をかけた。

「お兄ちゃん」

三星は、写真をしばらく見つめた後、大事そうにポケットにしまい、車に乗り込んだのだった……。

EPISODE 4

母

『健太郎？　おらんの？　大きな仕事任されて毎日忙しいようやけど、身体は大事にするんよ。倒れたら今までやってきたことが全部水の泡、ってことにもなりかねんからね。ちゃんと食べてる？　そろそろお米が切れる頃やない？　そう思って、お米と野菜、送っといたから。

最近、連絡がないから少し心配しゆうよ。日曜日やっていうのに仕事なの？　忙しいのは分かるけど、たまには連絡してきいや。じゃあね。また電話するからね』

昨晩、近所のコンビニから帰ってくると、母からの伝言が残されていた。健太郎は機械に録音された母の声を聞いても、実家に連絡はしなかった。いやできなかった。母は、息子の現状を知る由もなく、東京の大手アパレル企業に勤めていると信じ切っている。そんな母に嘘の自分を語るのは辛《つら》い。昨晩は、生で母の声を聞いたら涙ぐむかもしれなかった。電話機の傍に、昼に届いた段ボール箱が置いてあったからだ。健太郎は送られてきた米を炊いてありがたく口に運んだ。みずみずしい野菜を泥にまみれて育てている母の姿を思うと、熱いものが胸に迫ってきた。罪悪感を抱くと共に、こうして東京でやっていけているのは、母のおかげであると改めて実感した。

何でも屋で働き始めて一年が経っていた。東京に出てきて三年が経ったことになる。この三年間、健太郎は一度も実家には帰っていない。母に申し訳なくて、会いにいけなかった。

でも最近はこう思う。そろそろ、母に会いに行こうかと。

勿論《もちろん》何の理由もなくそう考えているわけではない。健太郎の中である結論が出ようとしていた。

バイトとはいえ、こんなに長続きした仕事は初めてだ。三星尚子の依頼から半年、大きな仕事はなく、相変わらず事務所には小さな依頼ばかりだが、それでも何でも屋に居続ける理由はただ一つ。単純に、毎日が楽しいからだ。充実しているといってもいい。大きな仕事がない月は給料は低いし、この先、何でも屋で生活できる保証なんてない。それは分かっている。もし近くに友人、もしくは彼女がいたら、そんな危険で保証のない仕事はすぐにやめて安定した仕事に就くべきだと諭されるかもしれない。きっとそれが正論なのだろう。しかし健太郎は『安心』など求めてはいない。

今日はどんな依頼が舞い込んでくるのか、思いがけない大金が入ってくるかもしれない。そう考えるだけで胸が弾む。身体中が熱くなるのだ。毎日同じ繰り返しをしていたアパレル時代にはなかったスリルが何でも屋にはある。未知の世界にいるような、そんな気分にさせてくれる。

何でも屋でやっていこう。

決意したはずなのに、それで本当にいいのかと迷っているのは、母の存在が心の中心にあるからだ。真実を口にしたら、母は悲しむだろう。だからといってこのまま嘘をつき続けるわけにはいかない。『エリート』でいるのは、もう耐えられなかった。

翌日、休憩室で長崎と大熊の三人でトランプをしているとデスクワークをしていた花田に呼ばれた。健太郎は手を止めて、首を傾げて立ち上がる。

花田はなぜか改まった様子だが、健太郎は別段緊張していなかった。

「何ですか？」

花田は一つ息を吐いて腕を組んだ。

「荻原も、ここに来て一年が過ぎたろ？　アッという間だな。最初は頼りなくて、大丈夫かなって不安だったんだが、段々仕事にも慣れてきてくれて、常連の客はお前を指名することだってある」

「はあ……」

ただそれだけを言うために呼んだのだろうか。健太郎は気が気ではなかった。休憩室にいる二人がトランプをコソコソといじっているのだ。

「どうだ」

花田は、集中していない健太郎の視線を引っぱるように話を続ける。

「いつまでもバイトってわけにもいかないだろ？　そろそろ、正社員にならないか？」

あまりに唐突な台詞《せりふ》に、健太郎は驚きの声を上げた。

「え、ええ？」

しかし偶然ではないような気がした。花田は今の自分の気持ちを読みとったのかもしれなかった。

「まっ、正社員になったからって歩合制には変わりないが、今までより多少は給料が上がるぞ」

花田は言ってニカッと笑った。タバコで黒ずんだ歯を見て気分が少し悪くなった。

「どうだ？　悪い話じゃないと思うが」

この仕事をやり続けると決意した健太郎にとっては願ってもない誘いであるが、すぐに答えは出せなかった。母に内緒で正社員になってはいけないような気がした。正社員になるのなら、ちゃんと報告しなければならないのではないか。ケジメをつけるときがきたのだ。

二人のやり取りを聞いていた長崎と大熊が、休憩室からやってきた。

「お！　ようやく荻原も正社員か！　やったじゃねえか」

長崎は鬱陶《うっとう》しいくらいに身を寄せてくる。

「ど、どうも」

とは言うが、健太郎の表情は晴れない。

「どうした。何か不満でもあるのか？」

健太郎は無理に笑って首を振った。

「いえ。不満なんてありませんよ」

「よし。じゃあ、正社員の話はＯＫだな？」

そう思い込んでいる花田に、健太郎は言った。

「すみません。明日《あした》から三日間、いや二日でいいです。休みをください」

休暇を願い出ると、花田の表情が一瞬固まった。

「どうしたんだ一体」

健太郎は正直に言った。

「実家に帰ります」

直接母に報告し、これまでの嘘を詫《わ》びようと思う。

明日、朝一番で飛行機に乗り、空港に着いたら電車、バスを乗り継いで実家に向かう。

バス停から約十五分歩いたところに、生まれ育った家がある。健太郎の実家は、畑のど真ん中に突然現れたみたいにポツリと建っている。小さな小さな平屋だ。老朽化が激しくて、雨が強く降ると雨漏りは当たり前。何度か床が抜けたこともある。業者の人間に、そろそろ建て直したらどうですか？　と言われた時があった。母は、うちにはそんなお金がありませんと言ったのだった。そのやり取りが、子供だった健太郎には印象的だった。金持ちになりたい、と初めて思ったのは、あの時だったかもしれない。

いきなり帰ったら母ちゃん、どんな顔するだろう。ずっと心配かけていたから、最初は怒られるかもしれない。帰郷した経緯を話すタイミングはここだろうか。嬉《うれ》しい顔を見てしまうと、話しづらくなる。いや、やっぱりもう少し時間が経ってから話すべきだ。急に話したら母は混乱する。せっかく息子が帰ってきたというのに、こんなに早々と事実を知るのは残酷すぎる。話すのは夕食時になるだろう。

どうやって切り出そうか。

実は理由があって帰ってきたんだ。

この台詞が言えればその先は自然と出てくるだろう。

二年以上、息子が嘘をついていたと知ったら、母ちゃん激怒するだろうな。あまりのショックに泣いてしまうだろうか。いずれにせよ、ひたすら謝るしかない……。

三月の夜はまだ寒い。特にこの日の夜は風が冷たく感じた。

帰り道、頭の中で明日のリハーサルを繰り返す健太郎は憂鬱になった。リハーサルをすればするほど心は鉛のように重くなっていく。だったら何も考えなければいいではないかと自分に言い聞かせるが、それはそれで不安になる。要するにまだ覚悟ができていない証拠だ。結局、最後は勢いで喋《しゃべ》っている自分が目に浮かぶ。情けなくて溜息《ためいき》が出た。

いつものようにコンビニで簡単なおかずと飲み物を買った健太郎はトボトボと夜道を歩く。電柱の下でネコがゴミを漁《あさ》っている。ネコは一瞬、彼の方を見て、再びゴミを漁る。ネコは喰《く》うことに必死のようだった。自分は食料には困っていないが、将来が不安という点ではこのネコと一緒だなと思った。そんな自分を母は許してくれるだろうか。

アパートが見えてくると、健太郎はポケットから鍵《かぎ》を取りだした。

異変を感じたのはその直後だ。なぜか台所の灯《あか》りがついているのだ。

心臓が暴れだした。指先に変な汗が滲《にじ》む。

妙な気配を感じた。まさか泥棒か。

健太郎は恐る恐る扉に手を伸ばす。サーッと血の気が引いた。鍵が開いている。健太郎はそっと中を覗《のぞ》いた。あまりの驚きに声を上げ、扉を思いっきり開けていた。

安堵《あんど》よりも、混乱の方が大きかった。部屋にいる人物を見た瞬間、健太郎の頭にあった明日のシナリオが一気に崩れた。

「母ちゃん！」

割烹着姿《かっぽうぎ》の母は、散らかった部屋を掃除している最中だった。振り返った母は、帰ってきた息子を見て表情を崩した。

玄関までやってきた母は、外で固まっている息子に手招きした。

「寒いでしょうが。早《はよ》う入り」

幻を見ているようだった。どうして母がここに？　予測もしていなかった事態に、健太郎は狼狽《うろた》える。

「何ボーッとしとるん」

美千子《みちこ》は外に出て、健太郎の袖《そで》を引っぱって中に入れる。

「母ちゃん、どうして？」

「いくら連絡してもアンタが電話してこんからでしょうが。何かあったんやないかって、心配で来てしもうた」

そう言って母は、

「それにしても散らかった部屋やねえ。しっかり掃除せんかね。食べたら食べっぱなし、脱いだら脱ぎっぱなし。昔から何もかわっとらん」

とブツブツ言いながら掃除を再開した。

「鍵は⁉」

「そんなもん、大家さんに言えばええろう？」

健太郎は靴を脱ぐことも忘れ、たたきに立ちつくす。

「そんな所で何しゆう。アンタも手伝いなさい」

やれやれ、というように一つ息を吐いた健太郎は靴を脱ぎ奥に進む。

「来るなら来るって連絡してくれよ。驚いたじゃないか」

文句を言った後、自分が言うのも変だなと思った。明日、連絡一つせず帰ろうとしていたのだから。逆に驚かされてしまったというわけか。

こちらに背を向けて、せっせと片づけをする母の姿に、彼は安心感をおぼえた。

「いつここに着いたんだ？」

「一時間半前くらいかねえ」

「そっか」

健太郎はベッドに腰を下ろし、母の後ろ姿を見つめる。

「それよりアンタ、今日は仕事じゃないが？」

「え？　どうしてさ」

「どうしてって、仕事はスーツじゃないがかえ？」

ギクリとした。前に梓にも同じ指摘をくらったのを思い出す。

「ああ。うちの会社は別にスーツじゃなくてもいいからね」

伊達《だて》に嘘はつきつづけていない。冷静に対処した。

「そうかえ」

母も疑っている様子はない。

いやちょっと待てと健太郎は自分に言った。嘘をつきつづけてどうする。

どのタイミングで話そうか。これ以上嘘をついたら、更に話しづらくなる。

「仕事は順調かえ？」

健太郎は、母の目を見られなかった。

「ああ……まあね」

「今は、どんな仕事を任されちゅうが？」

目を輝かせて聞いてくる母を見ると、なかなか切り出せなかった。

「それより母ちゃん、腹減ったろ？　どこか美味《おい》しい所へ行こう。ご馳走《ちそう》するから。な？」

あまり乗り気ではないのか、母は首を振って台所に向かった。そして背中を向けたまま、

「無駄遣いせんでええよ」

と言った。ベッドの上で胡座《あぐら》をかいていた健太郎は母ちゃんらしいな、と思い、立ち上がった。

「何言ってんだよ。たまにはいいじゃないか。うんと美味《うま》い物喰わしてやるからさ」

これで罪滅ぼししようなんて思っていない。純粋に、苦労して自分を育ててくれた母に、

僅《わず》かではあるが恩返ししたかった。数時間後、母親思いから親不孝者になるとしても……。

「な？　母ちゃん」

それでも母は息子の誘いを断った。

「アンタ、まさかいつも外食しゆうんじゃないろうね。しっかり貯金しゆうの？　東京へ来て、遊んでばっかりやないろうねえ？」

彼の脳裏に、毎日休憩室で麻雀《マージャン》やトランプゲームをしている自分が映る。顔が引きつっているのが分かった。

「まさか。そんなわけないだろ」

「本当かねえ」

「本当だって」

健太郎はタンスから通帳を取りだし、怪しがる母にそれを渡した。

母は通帳をめくり、

「ふうん」

と納得したように頷《うなず》く。

百二十万はあるはずだ。『ゴミ屋敷』の報酬金がほとんどを占めている。あの依頼がなければ、通帳は見せていない。

「安心する額やないけど、とりあえずは貯めちょるみたいやね」

「当たり前だろ。ゼロじゃ不安だから」

通帳を受け取った健太郎は改めて母に言った。

「だからさ、外に食べに行こうよ」

母はそれでも首を横に振った。

「いかん。長旅で疲れたわ」

「疲れたって、飛行機だろ」

「慣れん東京に気疲れしたわ」

母はそう言って冷蔵庫を開けてうどんの入った袋を二つ取りだし、鍋《なべ》に水を入れてコンロを捻《ひね》った。

「おいおい何してんだよ」

母は野菜を切りながら言った。

「母ちゃんがうどん作っちゃるから」

うどんか。それもいいなと思った。どんな高級料理よりも、三年ぶりに食べる母ちゃんのうどんの方が美味いだろうな。

「懐かしいな。母ちゃんのうどん」

「アンタ好きやったきねえ」

「実を言うと、気の利いたお店なんて知らなかったんだ」

健太郎が正直に打ち明けると母は一言、

「無理せんでいい」

と言った。安心したような声色だった。

この三年間、東京で働く息子は遠い世界に行ってしまったんだと思い込んでいたのかもしれない。美味い店に連れていってやると言われ、田舎者の母は普通の人間ではいけないような、高級な店を思い描いたのではないか。そして更に距離を感じたのだろう。それが実は知らなかったと分かり、まだ息子は近い存在なんだと認識しホッとしたのではないだろうか。

鍋から湯気が上がりだした。部屋中に、鰹《かつお》ダシのいい薫りが漂う。

懐かしかった。小学校低学年の頃はこうして、うどんを作る母の後ろ姿をじっと見つめていた。

ふと、あの日のことを思い出した。空港に向かう電車に乗った健太郎に、母は東京もんに負けるな、頑張ってこいとエールを送ってくれた。母は最後まで涙は見せなかったが、ホームから電車が離れると、崩れ落ちてしまった。もう息子は見ていないと油断したのだろう。泣き崩れる母を見て、健太郎も我慢しきれず声を上げて泣いたのだった。

あれからもう三年。

安心したのは、母がそれほど変わっていないということ。少し白髪が増えて、多少、痩《や》せた程度。頑固で、強気な性格は変わらない。元気そうで何よりだ。

母はコンロの火を消し、二つの丼《どんぶり》にうどんを分ける。

「はいお待たせ」

母は小さなガラステーブルに丼を置き、真向かいに座った。

健太郎は箸《はし》を取り、湯気の立つうどんを一口食べた。

口の中に、鰹のいい薫りが広がる。麺《めん》にも野菜にもダシが染みていて、美味い。

何ら変わらない、あの頃の味。子供の頃に戻ったようだった。

「うまいかえ？」

健太郎はコクコクと頷き、休むことなく食べ続ける。子供みたいな健太郎に、美千子はやれやれと笑みを浮かべた。

「私も食べようかね。いただきます」

一杯目を食べ終えた健太郎は自分でおかわりをよそった。丼はものの数分で空になった。

「ごちそうさん。うまかった。久々にうまいもの食ったって感じだ」

健太郎は腹をさすりながらベッドに深く腰を下ろした。母は空になった丼を台所に持っていった。

「リンゴでも剥《む》こうかね」

母はそう言って冷蔵庫からリンゴを取りだし皮を剥き始めた。

母の姿をじっと見つめる健太郎は、そろそろ打ち明けようかと考えていた。途端に彼は極度の緊張に襲われた。妙に饒舌《じょうぜつ》になる。

「母ちゃん、いつまで東京にいるんだい？」

母は後ろ姿のまま答えた。

「四日、五日は泊まっていこうかねえ。それとも迷惑かえ？」

「全然。ゆっくりしていきなよ」

「そうさしてもらおうかね」

「ここまで、結構……」

口の中が渇いているせいでうまく喋《しゃべ》れない。唾液《だえき》を強く呑《の》み込んだ。

「結構時間かかった？」

「合計すると、四時間はかかったと思うけど」

「そっか。大変だったね」

「もうクタクタだわ」

「あとで、マッサージしてやるよ」

「珍しい。アンタがそんなこと言うなんて。どういう風のふき回しやろう」

「たまには、ね」

母は、リンゴの盛られた皿をテーブルに置いた。母はリンゴを一口かじり、おいしいというように頷く。

「ほら、アンタも」

リンゴを差し出された健太郎は、

「ああ」

と受け取り、一口食べる。が、味を楽しんでいる余裕なんてない。自然にしようと思うと逆に表情が固まっていく。

二人の会話は途切れていた。二人は黙々とリンゴを食べる。

母は、最後のひと切れに手を伸ばした。健太郎の口の中は、空になっていた。意味もなく時計に目をやる。テレビのリモコンを手に持ったが、テーブルに戻した。

三年間の全てを話すときがやってきたのではないか。

「アンタ」

母の声に過敏に反応する。心の内を読まれたのかと思ったのだ。

「な、何？」

「仕事の方は進みゆうんかね？」

ここで話すべきなのではないか。なのに喉《のど》から声が出てこない。急に胸が苦しくなってきた。

「どうなん？」

声が尻窄《しりすぼ》みになっていく。

「仕事の方は」

「順調だよ」

その答えに母は安堵《あんど》したようだった。

「そう。東京の友達はできたかえ？」

「まあね」

健太郎は、テレビに反射している自分の顔に目をやった。情けなさすぎて見ていられなかった。

「ところで、梓ちゃんとは連絡とりゆうが？　まだ、アメリカにおるんやろう？」

梓の名前が出た途端、頭の中にある話すべきことが全て吹っ飛んだ。

そうだった。梓と別れたことすら母は知らないのだった。

「梓とは別れたんだ」

躊躇《ためら》うことなく事実を話した。母はまさか二人が別れているなんて考えもしていなかったのだろう、ショックを隠せない様子だった。

「どうしてまた」

「お互い忙しいからな。別れようってことになったんだよ」

違う。梓が自分の元から離れていった本当の理由は……。

「そうかえ。いい子やったのにねえ」

「どうってことないよ。一人の女性と別れただけのことだよ」

精一杯の虚勢だった。美千子も彼の気配に気づいたようだ。だからそれ以上は触れてこなかった。

母は強引に話題を変えた。

「お風呂《ふろ》でも、沸かそうかね」

美千子の言葉は、彼の耳には届いていなかった。ただ、一点を見つめているだけだった。

先に風呂に入ったのは美千子の方だった。最初に入れと言われたが、健太郎は後でいいと言ったのだった。

健太郎が風呂から出ると、部屋に布団が敷かれていた。寝間着姿の母は、鏡の前でペタペタと顔にクリームを塗っていた。

「いいお湯やったかえ？」

「ああ」

健太郎は、クリームを化粧ポーチにしまう母に言った。

「ベッドで寝なよ。俺が下で寝るから」

母は、下を向いてふふと笑った。今まで親孝行など一度もしたことがない息子が気を遣っているのがおかしかったのだろう。

「アンタがベッドで寝なさいや。私は布団の方が慣れちゅうから」

そう言って母は豆電球にまで灯《あか》りを落とし、羽織っているカーディガンを枕元に置いた。

「だったら、肩揉《も》んでやるよ。さっき言ったろ」

母はまたしても笑うのだった。

「疲れちゅうんやから、そんな気遣わんでいいよ」

健太郎は、

「いいからいいから」

と言って母の肩に手を持っていった。

「じゃあ、やってもらおうかね」

母の肩はヒンヤリと冷たく、パンパンに凝り固まっていた。母は今年で六十になる。健太郎は四歳の時に父を病気で亡くした。それから約十八年間、母は女手一つで自分を育ててくれた。女が農家で生計を立てるなんて、相当な覚悟がなければやっていけない。当時は顔には出さず、気丈に振る舞っていたが、本当は毎日疲れ切っていたろう。そんな姿を息子に見せることはなかったから分からなかったが、大人になって、それを知った。

何十年もの苦労が、凝り固まった肩から伝わってきた。健太郎は、ごめんなと心の中で呟《つぶや》いた。手が疲れても、母がもういいと言っても、健太郎は肩を揉み続けた。

「どう？　毎日、寂しくない？」

　健太郎は母に尋ねた。

「週に一度は、近所のお友達が遊びに来てくれるからねえ。寂しゅうはないよ」

「そう」

「アンタはどう」

「会社の人たちが良くしてくれる。都会の人間は冷たいって言うけど、そうでもないよ」

　母は安心したように頷《うなず》いた。

「毎日忙しいのは分かるけど、たまには高知にも帰ってきなさい」

　母は怒るような口調で言った。

「分かった。夏休みに帰るから」

「なあ健太郎」

　この日、初めて健太郎と呼ばれた。

「うん？」

「身体は大事にせんといかんよ。毎日それが心配で」

「ありがとう。俺は大丈夫だから」

　母の頭には父の病気が強く根付いているようだった。だから電話をかけてくる度、身体だけは大事にしろと言うのだ。

「お母ちゃんこそ、あまり無理するなよ。心は若くても、身体はもう年なんだからな」

母はフッと笑った。

「分かっちゅうよ」

言って、母は身体をこちらに向けた。

「もう十分。気持ちよかった。ありがとう」

「そうかい？　ならよかった」

「もう寝ようかねえ。アンタ、明日《あした》も早いんやろう？　私は明日は洗濯でもしようかねえ」

「せっかくこっちに来たんだ。のんびりしてろよ」

「じっとなんかしとられん。退屈してたら身体が腐ってしまう」

お母ちゃんらしいなと思った。昔から、じっとしていられない。息子のこととなったら尚更だ。

「じゃあ日曜日は、東京見物にでも行こうや」

「無理せんでええ。休める時に休まんと」

「気にするなよ」

健太郎は言って電気を消した。

「おやすみ」

暗闇から母の声が聞こえた。健太郎は、おやすみと返し、毛布を被《かぶ》った。

結局この日、真実を話すことはしなかった。一人湯船につかっている際、考えを改めたのだ。

母はまだ東京にいる。違う形で、母には今の仕事を知ってもらおうと思った。


翌朝、健太郎は薬缶《やかん》の鳴る音で目を覚ました。時計の針は八時十五分を差している。健太郎は飛び上がるようにして起きあがった。いつもより少し遅い起床だった。母がいるからと、安心して目覚ましをかけなかったのだ。

どうしてもっと早く起こしてくれないんだ、と言いたいところだが健太郎にそんなことを言う資格なんてなかった。母は何度も健太郎、と呼びかけていた。彼は夢の中でそれを自覚していた。

台所に立つ母がこちらを振り返った。

「おはよう。いびきかいて眠っとったよ」

のんびりした口調で母は言った。健太郎は慌てて洋服に着替える。

「それより母ちゃん、メシ早くちょうだい」

「なに、急ぐがかえ」

「ちょっと寝坊かも」

そう言うと母は小さく唸《うな》った。

「全くアンタは」

母は手際よく米とみそ汁をよそい、出来立ての目玉焼きを皿に移した。

「健太郎、テーブルに置いとくきね」

顔を洗い歯を磨き、髪を整えた健太郎はテーブルの前に座り朝飯を急いで食べる。五分後には器は空になっていた。健太郎は時計を見てホッと息を吐いた。何とか遅刻せずにすみそうだ。

「じゃあ、行ってくるから」

「大丈夫ながかえ？」

「うん、全然平気」

母はなぜかフッと笑った。

「なんだよ」

「何だかんだ言うても、アンタはまだまだ子供なんやなと思って」

健太郎は不満そうな顔を浮かべ、

「なんだよそれ」

と言って扉を開けた。

「行ってきます」

「行ってらっしゃい」

アパートを出た健太郎はしばらくして足を止めた。母の最後の言葉が心に残っていた。もう子供ではない、立派な大人になったんだと、母を安心させなければならない。真実を知ったら落ち込むだろうが、最後は安心して帰らせてあげたかった。

事務所に着いた健太郎は、自分のデスクには座らず、花田のところに向かった。花田は虚をつかれたように目を丸くしている。

「おい、実家に帰るんじゃなかったのか？」

健太郎はそれには答えず、花田に言った。

「花田さん、僕が依頼してもいいですか」


翌日の朝、大野《おおの》雅美《まさみ》が事務所にやってきた。彼女は毎週水曜日の午前十時に必ずやってくる。雅美は花田に茶封筒を渡すと、依頼内容は言わず、今日もお願いしますね、と愛想よく言って事務所を去った。花田も内容を聞くことはなかった。毎度ありがとうございます、と雅美を見送った。

彼女が初めて依頼してきたのは三ヶ月前だった。内容は簡単だった。

義母の面倒を見てほしい。

理由を聞いた花田に、大野は淡々と答えた。

二十年間、専業主婦をしていた彼女はストレス発散のためにお花教室に通うことになったそうだ。夫も義母も了解済みだが、一人家に残る義母を心配する雅美が思いついたのが『何でも屋』だった。

義母は特別身体が悪いというわけではない。むしろ元気だ。ただ膝《ひざ》が悪いので、あまり自由に動くことができない。だから万が一のために傍にいてほしいと。

だったらホームヘルパーを雇ったらどうですか？　と花田が提案すると、なぜか大野はそれに答えようとはせず、話をはぐらかした。お手伝いさんを雇おうかと考えたんですが、多額のお金がかかるのでそれは無理だ、と聞いてもいないのにそんな答えが返ってきた。

依頼時間は、午前十一時から午後四時までの五時間。お花教室は二時間半らしいのだが、その後に買い物に行くので帰りがそのくらいになる、とのことだった。

花田はあまり深く考えることはせず、大野の依頼を受けた。ちょうどその日、別の依頼が二件入っていたので、花田自ら大野家に向かうことになった。

隣で聞いていた健太郎は大野の様子を見て、もしかしたら何か裏があるんじゃないか、と勘ぐっていた。が、それは考え過ぎだった。事件や事故などに巻き込まれることなく花田は帰ってきた。ただ、花田は第一声から文句を垂れた。

あれはきっと、ホームヘルパーに断られたんだよ。何が万が一だよ。だって婆さんはピンピンしてる。多少足が悪いのは本当だが、それをいいことにこき使われまくったよ。掃除に洗濯に買い物と、やりたい放題だ。そんな仕事、ホームヘルパーはやってくれねえだろ、と言ったのだった。

それを聞いて健太郎たちは腹を抱えて笑った。花田は最後にこう付け加えた。

彼女、あのワガママ婆さんと暮らしているせいでストレス溜《た》まったんだな。

そんなに酷《ひど》かったのかと、健太郎は花田が気の毒になった。

もう懲り懲りだ。そんな様子の花田だったが、それから大野雅美は毎週水曜日、午前十時にやってくるようになった。花田指名で。

どうやら、ワガママ婆さんが花田を気に入ったらしい。花田が内心どう思っているかは不明だが、毎回笑顔で了承している……。

大野雅美を見送った花田は健太郎に、

「ちょっと」

と手招きした。デスクに座っていた健太郎は、『依頼のこと』かなと思い、長崎と大熊に見られていないのを確認してそっと立ち上がった。

神妙な顔つきでイスに座った花田は、どうしたというのか、いきなり申し訳なさそうに顔を崩して、両手を合わせた。

「悪い！　今日はお前が婆さんの相手しに行ってくれ」

健太郎はのけぞって嫌な声を上げた。

「これからさ、どうしても銀行の人間と会わなくちゃならなくてよ。あの二人には頼めないんだよ。あんなワガママ婆さんの相手なんてしたら、すぐにキレちまうかもしれない。お前しかいないんだよ」

確かにあの二人には任せてはいけないと健太郎自身も思った。だからといって自分が手を挙げる気にもなれない。正直、乗り気ではなかった。実際、そのワガママ婆さんに会ったことはないが、花田は大野家から帰ってくる度に愚痴をこぼす。話を聞くだけで、相当ひとづかいの荒い婆さんなんだなと想像できる。そんな話を聞いて、誰が行きたいと思うだろうか。かと言って、だったら断ればよかったじゃないですか、とは言えなかった。大野が大事な常連客だと分かっているからだ。

「もう受けちまったしよ。頼むわ」

渋々ではあるが、健太郎は了解した。自分だって花田にワガママを言っているし、何より社長の命令を断ることはできなかった。

「これが、大野家の住所だ。ここから歩いて十五分くらいかなあ。白い三階建ての家だから、分かりやすいと思う」

花田からメモ用紙を受け取った健太郎は腕時計を確かめた。十時十分。十一時まではまだ余裕がある。

「おう荻原!」

健太郎の肩がビクリと跳ねた。いつからいたのか、長崎と大熊がニヤニヤしながら真後ろに立っていた。

「どうやら例の婆さんの家に行くらしいな。ご愁傷さま」

健太郎は露骨に嫌な顔をした。

「聞いてたんですか」

「聞いてたんじゃねえよ。聞こえてたんだよ」

本当はどうだか。

「ま、頑張ってこいや」

長崎は健太郎の肩に手を置いた。大熊もそれを真似した。大熊の手はズシリと重かった。

健太郎は二人の手を払って自分のデスクに戻った。もう一度時計を見る。彼は憂鬱《ゆうう》そうに溜息を吐いたのだった。


さほど迷うことなく、健太郎は大野家に着いた。花田の書いてくれた地図が分かりやすかったおかげだ。健太郎は、白を基調とした三階建ての住居を一階から見上げていく。健太郎が注目したのは二階、三階のバルコニーに、これでもかというくらいに飾られているガーデニングの鉢。誰かの趣味か、それとも建物が真っ白で地味だから、という理由なのか。様々な色が住居を華やかに演出しており確かに綺麗《きれい》なのだが、少しやりすぎな気もする。毎日の手入れだって大変だろう。

ふと時計に目をやった。時刻は十時五十五分を回っていた。そろそろ時間だが、まだチャイムは鳴らさない。あの花田でさえ手を焼くのだから、相手は相当手強《てごわ》いのだろう。とてもではないが、約束の時間よりも前から仕事する気にはなれなかった。むしろ少し遅れたい気分だった。

十一時ぴったりになったところで健太郎はチャイムを鳴らした。中から、しわがれた声が聞こえてきた。

「はい、どうぞ」

健太郎は、

「失礼します」

と言って扉を開けた。緊張のせいか少し声が震えた。

奥から、

「入ってちょうだい」

と聞こえてきた。健太郎は靴を脱ぎ、長い廊下を歩いていく。一歩一歩が重かった。

広いリビングダイニングには誰もいない。その先にもう一つ部屋がある。そこに老婆はいるらしかった。

老婆は、ベッドに腰掛けて待っていた。

「やっぱり、今日は花田さんじゃないのねえ」

挨拶《あいさつ》からではなく第一声がそれだった。健太郎にはそれが嫌味のように聞こえた。何となく恐くて老婆の顔が見られない。

「申し訳ありません、花田は急用ができてしまいまして」

健太郎は深く頭を下げた。

「今日はこの家の仕事があるって分かっているのにねえ」

こちらを困らせようとして言っているのか。健太郎は返答に迷う。

「お名前は？」

健太郎は咄嗟《とっさ》に顔を上げた。この時、初めて老婆の顔を見た。

確かにワガママで、意地悪そうな顔をしている。花田の話を聞いているので余計そう見えるのかもしれない。

「荻原健太郎と言います。よろしくお願いします」

老婆は彼の顔をなめ回すように見た後、

「何歳？」

と聞いた。

「今年で二十六になります」

老婆が鼻で笑ったように見えた。どうやら見間違いではなかったようだ。

「そんな子供に、この家の仕事がつとまるのかねえ」

健太郎は愛想笑いを見せたが、内心ムッとしていた。

「本当はね、あなたたちを雇う必要なんてないのよ。雅美さんがお花の稽古《けいこ》なんて行かなければね。ずっと専業主婦をしてきたから何か楽しみがほしいって。ふんっ。生意気な。私たちの時代はねえ……」

よほど嫁に対して不満があるのだろうか、それとも嫁のいないところではどの家庭もお決まりなのか。雅美の悪口を散々言った後、老婆は、ベッドに立てかけてある赤い杖《つえ》を手にして庭の方を差した。

「まずは庭の草むしりからやってもらおうかね」

急に話が切り替わったので健太郎は戸惑ってしまった。老婆はその一瞬の隙も見逃さない。

「聞こえないのかい？　庭の草むしりだよ」

健太郎の背筋がピンと伸びた。

「は、はい！」

健太郎はガラス戸を開けてサンダルに履き替えて、庭を覆う草を次々とむしっていく。

少しも手を休めることはできなかった。部屋から、ビリビリと鋭い視線を感じるのだ。厳しい老婆のことだ。タイムを計っている可能性だってあった。そう思うと逆に闘争心が湧いてきた。さっきだって子供だとなめられている。負けられるか。

さすがにタイムまでは計っていなかったようだが、その思いが健太郎の動きを迅速にさせた。あれほど生えていた雑草が、三十分後には全てなくなっていたのだ。

「はい、いいでしょう」

部屋から老婆の声がかかると、健太郎は足腰の痛みを堪《こら》えて立ち上がった。この作業だけで全身汗だくになっていた。健太郎は、老婆から青いポリ袋を受け取り、その中に雑草をつめていく。両手は真っ黒になっていた。爪の中にまで土が入り込んでいる。こんな真剣に草むしりをしたのは初めてだった。

老婆は柱時計にチラリと目をやって、

「お腹が空いたわね」

と言った。

「ですね」

早くもお昼ご飯が食べられるのか、と油断した健太郎に、老婆は厳しく言い放った。

「何言ってるの。あなたに昼食時間はないわよ。私のお昼を作ってちょうだい。そうね、冷蔵庫にお蕎麦《そば》が入っているから、温かいお蕎麦が食べたいわね」

「でも僕、蕎麦なんて作れませんよ」

「袋の裏に作り方が書いてあるから作れるわよ。早くしてちょうだいよ。お腹ペコペコなんだから」

袋に入っている雑草を投げつけてやりたい気分だった。勿論《もちろん》そんなことはできないが。

「はい。分かりました」

部屋に上がり台所に立つと、老婆の声が聞こえてきた。

「ちゃんと手洗うのよ。汚い手で作らないでね」

面倒くさかったので健太郎は返事をしなかった。

「昼飯まで作らされるのかよ。花田さん、よくやってたな」

聞こえていないだろうと、健太郎は一人ぼやきまくった。

「何か言った？」

耳は恐ろしく良いらしい。こりゃあ家族は大変だ。そう思いながら健太郎は冷蔵庫を開けたのだった。

人に出せるような蕎麦が作れるかどうか心配だったが、何てことはなかった。老婆の言うとおり、袋の裏に作り方が細かく書いてあったし、そばつゆまで入っていた。

器の載ったお盆を部屋に運ぶと、今日初めて老婆が幸せそうな顔を見せた。

「いい香り」

しかしすぐに老婆はムッとした表情になった。

「なんで割り箸《ばし》なの」

まさかそこを突かれるとは思っておらず、健太郎は言い訳する言葉を探す。

「どのお箸か分からなかったんです。ちょうど台所に割り箸があったので」

「全く。これだから新しい人は嫌なのよ。来週は花田さんをお願いしますよ」

頼まれたってくるものか。いいから黙って早く喰《く》えよ、と健太郎は心の中で毒づく。

老婆は、いただきますも言わずに蕎麦に箸をつけた。ここでもまた文句を言われた。

「少し麵《めん》が硬いわね。ちゃんと茹《ゆ》でたの？」

「はい。袋に書かれている通りにやったんですが」

健太郎は笑いをこらえていた。鋭いな、とも思った。

嘘だ。一分ほど早く麵をざるに移した。調理している最中、ちょっとした悪戯《いたずら》心が芽生えたのだ。

「まあいいわ。次は二階、三階のベランダのお花に水をやってきてちょうだい。私が大切に育てているお花だから、丁寧にね」

なるほどあのガーデニングは婆さんの趣味か。大切に育てていると言ったが、毎日の水やりは雅美がやっているんじゃないのか？　少量ならまだ許せるが、バルコニーには数え切れないほどの花がある。雅美にとっては、余計な仕事の一つだろう。息抜きしたいのも分かる。

「じょうろは洗面所にあるから、それを使って」

「分かりました」

健太郎は部屋を出て、洗面所を探した。トイレの横に洗面所があり、隅に緑のじょうろが置いてあった。一般的なじょうろよりもかなり大きい。雅美が買ってきたのかな、と健太郎は想像した。

水の入ったじょうろを両手で持ち、健太郎は階段をそっとのぼっていく。気をつけたつもりだが、階段に水が垂れてしまった。まあいいかと無視をした。

バルコニーに出た健太郎は、端から順に水をやっていく。名前の知らない花ばかりだが、案外楽しいなと思ったのは自分でも驚きだった。色とりどりの花を見ていると、気持ちが落ち着くのだ。たまには自分の部屋にも飾ってみようかな、なんて思ったりもした。

二階にある花に水やりを終えた健太郎は、洗面所に戻ってじょうろに水を入れて、今度は三階に向かった。そこでも同じように端から順に水をあげていく。作業はほんの数分で終わってしまった。老婆の部屋に戻るのが憂鬱《ゆううつ》だった。今度は何を言われるだろう。

老婆は昼のバラエティー番組を観てクスクスと笑っていた。

「水やり終わりましたけど」

報告すると、すぐに次の指示が飛んできた。

「器とお鍋《なべ》を洗ってきてちょうだい。ちゃんと拭《ふ》いて元の場所に置いておくのよ。それと、洗剤は使いすぎないこと。いいわね？」洗剤の量まで制限されるのか。

「はーい」

思わずだらけた返事をしてしまった。毎日こんな調子じゃ、雅美のストレスは相当なものだろう。

健太郎は汁の残った器を台所に持っていき、鍋の中に入れた。蛇口を捻《ひね》り、食器洗剤を探す。

洗剤を手にとった健太郎は、不気味にへへへと微笑んだ。手に持っている容器を強く握り、洗剤液を大量に放出する。

ざまあみろ、と心で呟《つぶや》いていた。流しにみるみる泡が立つ。まるでバブルバスのようだった。スポンジを手に取った健太郎は、憎しみを込めるように器と鍋を洗ったのだった。

彼に休憩時間など存在しなかった。洗い物を終えた健太郎はすぐに部屋に戻った。老婆は相変わらずテレビを観て楽しんでいた。健太郎の存在に気づいていないのか、それとも無視しているのか、老婆は次の指示を出してこない。健太郎は部屋でただじっと立っている。それはそれで苦痛だった。

「あの、終わりましたけど」

声をかけると、老婆は煩わしそうな顔をした。

「今いいとこなのよ」

どうやら画面に夢中だったようだ。

「そうね、買い物に行ってきてちょうだい」

健太郎はその指示にホッとした。やっとこの緊張感から解放される。家での仕事は、どこかで老婆が目を光らせているんじゃないかというような気がしてならないのだ。

「分かりました。何を買ってくればいいですか？」

老婆は一枚のメモ用紙を渡してきた。そこに色々な品が書かれてある。

帝《みかど》製菓の海苔《のり》煎餅《せんべい》。

同じく帝製菓のかりんとう。

山本園の玉露、二百グラム。

封筒二十枚。切手、同数。

その他にはお蕎麦や梅干し、たくあん等だ。

「書かれている通りの物を買ってくるのよ。いいわね？」

俺は幼稚園児じゃねえんだぞ、と心の中で文句を言った。

「大丈夫ですよ」

不満はたまっているが、笑顔は忘れなかった。老婆は財布から五千円札を取り出した。

「ちゃんとレシートもってくるのよ」

まさかお釣りをごまかすとでも思っているのだろうか。全く失敬な婆さんだ。

健太郎は行ってきます、も言わずに外に出た。タイミング良く空き缶が転がっている。健太郎は思い切り空き缶を蹴飛《けと》ばしたのだった。

近くのスーパーで買い物を終えた健太郎は、大野家の扉を開けて、老婆の待つ部屋に戻った。老婆は、時代劇を観て楽しんでいた。

「只今《ただいま》もどりました」

声をかけると、老婆はまたしても露骨に嫌な顔をした。

「あなたはいつもいいところで戻ってくるわね」

いちいち文句を言わなければ気が済まないのだろうか。

「すみません」

健太郎はまずレシートとお釣りを老婆に渡し、その次にスーパーの袋を差し出した。老婆は袋の中身を確認していく。健太郎は玉露の入った袋を渡された。

「お茶淹《い》れてきてちょうだい」

「分かりました」

部屋から出ようとしたその時だ。

老婆が突然、驚いたような声を上げたのだ。びっくりした健太郎は咄嗟《とっさ》に振り向く。老婆はお煎餅の入った袋を手に持ち、信じられないというような顔をしている。健太郎には、

「あなた！」

呼び止められた理由がさっぱり分からなかった。

理由は呆《あき》れたものだった。

「あなた、お煎餅間違えているわよ」

「いえ、そんなはずは……」

間違いではない。確かに帝製菓の海苔煎餅を買ってきた。

「この海苔煎餅じゃないのよ。こんな大きくて堅いお煎餅、食べられるわけないでしょ。私が言っているのは、あられのやつよ」

知るか。だったらそう書いておけ！

健太郎は、怒りと悔しさをグッと堪《こら》えた。俺の方が大人だ。相手は婆さんの姿をしたガキだと自分に言い聞かせた。

「品物、交換してきてちょうだい」

マジかよ、と健太郎は肩を落とした。スーパーまで何分かかると思ってるんだ。

「仕方ないでしょ。あなたが悪いんだから」

まあいい。外に出られるのだから。家にいるよりは気は楽だろう。

「分かりました」

声に疲れを込めて、健太郎はレシートと煎餅を受け取り、再び外に出た。

「マジでひとづかいの荒い婆さんだな。母ちゃんとは大違いだよ」

健太郎はまた十分かけて、スーパーに着いたのだった。

老婆からＯＫサインが出ると、健太郎はホッと息を吐いた。一方で、どうしてお煎餅のためにこんなにも神経を使い、疲れ果てなければならないんだと、馬鹿馬鹿しく思えた。

「お茶淹れてきてちょうだい。それと、小皿を一つね。食器棚から適当に持ってきて」

帰ってきて早々、彼は次の指示を与えられた。家とスーパーを二往復したせいか、さすがの健太郎も息が切れていた。

「はい。分かりました」

疲れた声を出すと、老婆は嘲笑《あざわら》った。

「あら？　もう疲れたの？　若いのにだらしないわねえ」

挑発された健太郎は老婆を睨《にら》み付け、背筋を伸ばし表情をひきしめた。

「いえ。ぜんぜん」

俺は試されてる。こんな婆さんに負けてたまるか。

「お茶淹れてきます」

部屋から出た健太郎は薬缶《やかん》でお湯を沸かし、玉露を急須《きゅうす》に移した。

お湯が沸騰しても、健太郎はすぐに湯飲みにお茶は注がなかった。前にテレビで観たことがある。湯飲みをしばらく温めた後、お茶を淹れるとおいしくなるらしいのだ。それに倣ってお茶を淹れた。

部屋に戻った健太郎は、老婆に丁寧に湯飲みを差し出した。老婆は無言で湯飲みを受け取り、テレビを観ながら茶を一口飲んだ。健太郎はその様子をじっと見つめる。評価が気になった。しかし簡単に頷《うなず》くほど、老婆は甘くはなかった。

「熱い！　これじゃあ玉露が台無しだわよ。もっと勉強が必要ね」

このクソ婆……！

悔しさがグッグッとせり上がってきた。持っている木のお盆を真っ二つに折ってやりたい気分だった。お盆がギシギシと音を立てているのに気づき、彼は冷静さを取り戻した。

老婆がふと、柱時計に視線を移した。健太郎もつられて時計に目をやる。

もうこんな時間か、と思った。仕事に集中していたので全く気づかなかったが、大野家に来て早三時間以上が経っていた。

「そうね、家の掃除でもやってもらおうかしらね」

残り二時間もない。これが最後の指示かもしれなかった。ということは、自分の実力を知らしめる最後のチャンスでもある。無能と思われたまま帰るわけにはいかない。こんな婆さんに負けるわけにはいかなかった。

健太郎は、挑戦状を叩《たた》きつけた。

「分かりました。家中、見違えるほど綺麗《きれい》にしてみせますよ」

あられを食べる老婆の手が止まった。強気に出た健太郎を見て、ほーと頷いた。

「それは楽しみだわね」

健太郎は余裕の笑みを見せた。

「はい。楽しみにしててください」

もう後戻りはできなかった。徹底的に家の中を綺麗にしてやろうと思った。散々コケにされてきたのだ。どうしても認めさせたかった。昔の自分ならとっくに勝負を放り投げていただろう。でも今は違う。俺はもう子供じゃねえ。

健太郎の最後の戦いが始まった。彼は納戸から掃除機、雑巾《ぞうきん》、バケツ、はたき、スポンジ、フローリングの艶《つや》だし等、掃除道具一式を引っぱり出した。そして早速、作業にとりかかった。まずは天井や家具についた埃《ほこり》をはたきで落とし、その後に掃除機をかけ、雑巾で床を拭《ふ》いていく。基本はその流れだ。リビングダイニング、和室、寝室、書斎にじっくりと時間をかけた健太郎は、次に玄関、トイレ、洗面所、風呂《ふろ》場にとりかかった。ほんの少しの垢《あか》や汚れも見落とさなかった。排水口に詰まった髪の毛まで取り除いた。勿論《もちろん》廊下、階段も雑巾でしっかり水拭《みずぶ》きした。目に見えるところは勿論、見えない所まで気を遣う。気づけば約束の午後四時を回っていた。それでも彼は手を止めなかった。最後までやり通したかった、というよりも、意地になっていた。

玄関の扉が開いたのは、それから間もなくのことだった。雅美が帰ってきたのだろう。

ちょうど健太郎の仕事も終了したところだった。動き回ったせいで作業服は汗でビッショリだ。終わった、と息を吐いた途端、膝《ひざ》から崩れ落ちた。集中の糸が切れた健太郎は、埃だらけの雑巾を見てフッと笑った。なぜか分からないが、笑えてきたのだ。

一階から雅美の声が聞こえてきた。

「どうしたんですかお義母《かあ》さん。お風呂場に何かあるんですか？　そういえば、何でも屋さんはどうしたんですか？　まだ帰ってないようですけど」

雅美のその声を聞いて健太郎はピンときた。掃除をしている最中、老婆はずっと自分の部屋にいたはずだ。

風呂場に行った理由は一つ。いや、風呂場だけじゃない。老婆は健太郎に気づかれぬようコッソリと家中をチェックしていたのだ。

座り込んでいた健太郎は立ち上がり、口元をきつくむすび、階段を下りていく。老婆の元に向かう彼の脈の動きは速さを増していった。

一階に下りると、和服姿の雅美がやってきた。

「あら何でも屋さん。今日は本当にご苦労様ね。何だか家中掃除してもらっちゃったみたいで。フローリングなんてピカピカ。見違えちゃったわよ」

正直、雅美の評価なんてどうでもよかった。婆さんとの決着をつけたかった。しかし老婆は部屋にいるのか姿を現さない。健太郎は言ってやりたかった。婆さん出てこいと。

「お婆ちゃん、厳しかったでしょ。よく頑張ったわね」

やはり老婆は自分の部屋にいたようだ。

「雅美さん。余計なことは言わんでいい！」

と奥から聞こえてきたのだ。叱られた雅美は可愛らしく舌を出した。

「もうとっくに時間過ぎてるわね。ごめんなさいね何でも屋さん。花田さんに、来週もお願いしますとお伝えください」

「はあ……」

二人の間にあったことなど知る由もない雅美は玄関に向かっていく。健太郎も後ろをついて行かざるをえなかった。

雅美から靴べらを受け取った健太郎は右、左と靴を履く。未練がましく振り返る。

「どうしたの？」

健太郎は頭を振った。

「いえ。何でも」

老婆の部屋から声が聞こえてきたのはその直後だった。

「荻原健太郎と言ったな」

ドアノブに手をかけた健太郎の動きが止まった。振り返っても、老婆の姿はない。

「はい」

部屋にいる老婆に返事をすると、数秒の間が空いた。老婆が何を言おうか迷っている様子が想像できた。

「またきなさい」

その声は極々小さく、相変わらず無愛想なものだった。しかしどこか優しさが込められているようだった。

健太郎はこの時、自分なりに理解した。老婆は心底悪い人間ではない。ワガママで意地悪で、そのせいで誤解されやすいが。老婆は寂しかったのかもしれない。きっと夫には先立たれたのだろう。部屋に夫と思われる男性の写真が飾ってあるのを健太郎は確認していた。その隣には、孫らしき青年の写真があった。

もしかしたら老婆は、自分と孫を重ねていたのかもしれない。自分を邪険に扱っていたのは素直に接するのが恥ずかしかったからで、本当は孫と一緒にいるようで、楽しかったのではないか。

一所懸命働く自分を見て、優しく微笑む老婆の姿を彼は思い浮かべた。

またきなさい。

温かい言葉が、彼の心に染みわたった。

健太郎もまた、素直な言葉を老婆に贈った。

「お婆ちゃんも、身体に気をつけて」

返事はなかった。健太郎も期待はしていなかった。

「何でも屋さん。ありがとね」

健太郎は雅美に一礼し、

「またお願いします」

と言って大野家に背を向けた。彼の心は達成感で一杯だった。あの老婆に認められたことに満足していた。

健太郎は事務所に着くまで勝利の余韻に浸っていた。腕時計の針は午後五時を回っている。予定よりも随分と遅くなってしまった。母。「只今《ただいま》帰りました」

健太郎は晴れ晴れとした顔で事務所の扉を開けた。

その刹那《せつな》、彼の表情は停止した。自分のデスクに、母が座っていたからだった。


一瞬心臓が激しく波打ったが、混乱することはなかった。花田と目が合った健太郎はそういうことだったのかと納得した。

花田はこの日、行員とは会っていない。母に会いに行ったのだ。勿論、花田の勝手な行動ではない。健太郎がそうお願いしたのだ。母に事情を話し、自分の働いている姿を見せてほしいと。結局は自分から話を切り出せなかったのは情けないが、まずは現場を見てもらい、仕事内容を知ってもらった方が母だって混乱しないし、説明がしやすいと考えたのだ。だが一つだけ約束と違うことがある。花田が母に会いに行くのは今日ではなかった。明日《あした》のはずだった。

「母ちゃん」

健太郎は申し訳なさそうに声をかけた。イスに座ってずっと俯《うつむ》いていた母がやっと顔を上げた。しかし彼に目はやらない。こんなバカ息子、見たくもないというような目をしている。健太郎は、言うべき言葉が見つからなかった。情けないが、母からの言葉を待っていた。

母はデスクに手をついて立ち上がった。キャスターつきのイスが母から離れていく。

母はこちらに歩み寄ってきた。表情に怒りはない。悲しみの方が強いようだった。

「花田さんから大体の話は聞いたわ。今日一日、アンタの仕事を陰で見させてもろうた」

語気は厳しいが声は暗かった。

そうか、母は花田と二人で大野家のすぐ近くにいたのか。花田が、明日の予定を今日にした理由は容易に想像がついた。意識していない方が緊張せず、伸び伸びと働いている姿を見てもらえると考えたからだろう。

「アンタ、仕事もいかんと何しゆうん?」

母は訴えかけるように言った。アパレルを辞めたことは花田から聞いているはずだ。母はあえてそう言っているのだ。お前の働く場所はここではない、と。

「ごめんな母ちゃん。今までずっと嘘ついて」

母は黙って聞いている。健太郎は次の言葉に迷いながらも繋《つな》げていく。

「あんなにアパレルの仕事をやりたかったのにどうしてって思うだろ」

健太郎はそう言って首を振った。

「一言で言えば、毎日が退屈だったんだ。息苦しいほどだった。結局はそこらのサラリーマンと同じで、いつもいつも同じことの繰り返しで、何の刺激もない。急に白けちまったんだ。俺は夢を見すぎていたんだよ」

母は目を閉じて溜息《ためいき》を吐いた。

「会社を辞めてからしばらく、俺はアルバイトで生活を繋いでた。この仕事に出会ったのは一年前。最初はただの興味本位だったけど、今は運命的な出会いだったと思っている。だって、毎日どんな依頼が来るか分からない。一日一日が新鮮なんだ。給料はそんなに高くはないけど、ここには俺が求めていたスリルがある、刺激がある。毎日が充実してるんだ」

自分でも気づかぬうちに生き生きと話していた。しかし母にはそれが不愉快だったようだ。

「それに」

話を続けようとする健太郎に母は言った。

「情けない」

楽しい夢から覚めたかのように、健太郎の表情は一気に沈んだ。

「何が退屈な毎日で。何が刺激で」

健太郎の生き生きとした様子に我慢ならなかったのだろう。母の声は怒りに震えていた。

「私がどんな思いでお前の希望する学校に入れちゃったと思っちゅうが。どんな思いで東京に送り出したと思っちゅうがかえ」

その言葉は彼の中心を貫いた。健太郎は、汗水垂らして働く母の姿を思い出し、きつく目蓋《まぶた》を閉じた。

「その結果がこれかえっ！」

母の叫びは、健太郎の心臓に重く響いた。

心の中は罪悪感で一杯だった。

「勝手なのは分かってる。裏切って申し訳ないと思ってる。でも分かってほしいんだ。ここでやっていくことを、許してほしいんだよ」

熱く訴える健太郎は母に頭を下げた。許してもらえるまで、頭を上げるつもりはなかった。

「私は」

あまりにも静かすぎる声に心配になった健太郎は顔を上げた。母の表情は、寂しさが滲《にじ》み出ていた。

「私はアンタの将来が楽しみやった。偉くなってほしいいう意味やないで。夢を追いかけゆう姿を思い浮かべるのが、ずっと私の生き甲斐《がい》やった。それが……」

母は悲しみを吹っ切るように口元をきつく結んだ。

「ここでやっていくんがアンタの幸せなんか？　安定した将来が約束されるんかえ？」

再び語気が強くなった。健太郎は何も言えなかった。その確信はないからだ。母はそう言ったあと、健太郎をキッと睨《にら》み付けた。

「それでもこの仕事をやっていくいうんなら、勝手にしいや。私はもうしらん」

事務所に、扉の閉まる音が響いた。階段を下りていく音だけで怒りに満ちているのが分かった。

健太郎は追いかけることはしなかった。しばらくその場に立ちつくした後、力つきるようにイスに腰掛けた。花田は勿論《もちろん》、長崎と大熊も気を遣って声をかけることはしなかった。

母の強い言葉が、何度も何度も耳に響く。三年間の嘘を打ち明けたが、当然心は晴れなかった。むしろ後悔の方が心を占めていた。

もっと違う方法、言い方があったのではないか。しかし、今更そんなことを言ったって遅い。溜息しか出てこなかった……。

母がアパートを出ていくのは想像していたし、当たり前のことだった。

勝手にしいや。私はもうしらん。

最後のこの言葉にはやはり、これ以上話し合うつもりはないという意味が含まれていたようだ。

部屋の中は心なしか寒く感じた。灯《あか》りをつけると、部屋が綺麗《きれい》に掃除されているのが分かった。母は一日中、花田と一緒に大野家で働く自分を見ていたのだから、昼間に掃除はしていないはずだ。きっとここを出ていく際に、掃除をしたのだろう。

母はどんな思いで、乱れた毛布を綺麗に畳んだのだろう。散らばった雑誌を本棚に並べていったのだろう。泣きながらだったかもしれない。情けなくて仕方なかったろう。ならばどうして掃除をして家を出たのか。

悪い予感が、心を支配していった。

もしかしたら母は、息子のことはこれが最後、という意味で部屋を掃除していったのではないか。

私の気持ち、そして期待を無視して息子は勝手な道を進んだ。これからは私も、誰に遠慮することなく自分のためだけに生きていこう。でも最後くらいは、掃除していってやろう。

そんな声が聞こえてくるようだった。それは単なる想像というだけで片づけられるものではないかもしれなかった。実際、母はそう決意して健太郎の部屋を出たかもしれない。その証拠に、どこを探しても母の伝言は残されてはいなかった。

健太郎の考えは外れてはいないようだった。十時間以上経っても、母から電話はかかってはこなかった。


それから三日が経った。依然母からは連絡はない。健太郎はこの三日間、仕事には出たが上の空だった。だが実家に連絡することはできなかった。

親子の縁を切られたのではないか、その思いが受話器を重くさせた。

金だスリルだとは言っても、一番大切なのは当然母だ。母の許しが得られないのなら、何でも屋は辞めるべきなのではないか。

三日間悩んだ健太郎の頭には、辞職という文字が浮かび上がっていた。親子の縁を修復するには、それしか選択肢はないのではないかと。


花田に呼ばれたのは更に二日が経ってからだった。正社員の話の時みたいに、またしても自分の気持ちを読みとったのだろうかと思った。しかしそうではなかった。

花田は、白い封筒を差し出してきた。それを見て、何となく想像がついた。

「お母さんからだ。俺宛てにはなっているが、これはお前に宛てたものだろう。読んでみなさい」

健太郎は、受け取るのを躊躇《ためら》った。

「いいんですか？」

花田はもう一度言った。

「読んでみなさい」

健太郎は封筒を受け取り、中から便箋《びんせん》を取りだした。

白い便箋には、達筆でこう書かれてあった。

『花田彰三様。先日はご丁寧にありがとうございました。また、みなさんがいる前で大変失礼なことを申しました。お許しください。お恥ずかしいことに、息子の現状を知り冷静でいられませんでした。何しろこの三年間、息子が今どんな仕事を任されているのか、どのように生活しているのか、毎日それを考えるのが楽しみだったのです。でも実際は私の想像とは全く正反対の生活をしていたと知り、裏切られた気持ちで一杯になり、みなさんがいると分かっていても感情を抑えることができませんでした。私は古い考えの人間です。学歴のつく学校を出て、大手企業に就職し、結婚して子供を授かる。これがもっとも幸せな道だと決めつけていました。また、息子にもそう言い聞かせてきました。逆にそれがよくなかったのかなと、帰りの飛行機では後悔しましたが、自分の過ちはそこではないと気づきました。人の本当の幸せとは何か、ということを根本から考え直してみたのです。その時に、息子が今の仕事を嬉《うれ》しそうに話す姿が頭に浮かびました。私はこう思いました。そう難しく考えることじゃない。単純に、その人が幸せと思えば幸せなんだ。自分の理想をおしつけたって、幸せにはならない。むしろ縛りつけられた生活は不幸だと。まさに今の息子がそうです。あんなに生き生きとした顔をして働いていたのです。本人は幸せなのです。彼自身が言ったように毎日が充実している。それでいいのです。母親とはいえ、止める理由なんかない。むしろ応援してやらなければならなかった。

今では、言い争ったまま出てきたことを後悔しています。確かに不安定な仕事かもしれない。でも今が楽しいのであればそれでいいと思います。息子と次に話すときは、ただ一言、頑張れと言ってやりたいと思います。そしてこれからも見守っていきたいと思います。まだまだ一人前とは言えませんが、どうか息子をよろしくお願いいたします。荻原美千子』

母からの手紙を読み終えた健太郎は、便箋を胸に押し当てた。母の言葉が、寒かった心に温かく染みわたる。

「今日帰ったら、お母さんに電話してやれ。あれから一度も連絡してないんだろ?」

口を開くが声にならなかった。花田は、涙を堪《こら》える健太郎の肩に手を置き、

「よかったな」

と言ってイスに座った。健太郎は頭を下げてデスクに向かう。もう一度読み返した彼の

瞳《ひとみ》から、大量の涙が溢《あふ》れた。彼は震えながら三度読み返した。

母ちゃん、ありがとう。俺、頑張るから。

母の優しさを噛《か》みしめる健太郎の視界に、花田の元に歩み寄る長崎の姿が映った。どうしたというのか、彼の表情はいつになく真剣だった。まるで別人のようだった。何か悪い気配を感じるのか、大熊は心配そうな顔をして長崎を見つめる。一方、花田はあまり深刻にはとらえてはいないようだった。

「どうしたんだ。そんな顔して。何かあったのか」

花田は笑みを浮かべて聞いた。すると長崎は後ろにいる健太郎を振り返った。どう反応したらよいのか、健太郎は戸惑うばかりだった。長崎は何も言わず、花田に向き直った。そして徐《おもむろ》に口を開いた。

「荻原の母ちゃんがここにきてから、実はずっと考えてました。田舎にいる両親のことを」

まさか長崎からそんな話をされるとは思ってもみなかった。

「確か、茨城にいるんだったな？」

「はい。そうです。高校中退した俺は、ボクシングに明け暮れました。強くなりてえ、世界チャンプになるんだって、毎日燃えてました。実際そう思ってた。けどボクシングをやるきっかけは、実家の仕事を継ぎたくなかったからだ」

「そういえば、お前の実家は」

花田は顎《あご》をこすりながら目を上に向けた。

「いまどき珍しい畳屋っす」

「そうか。そうだったな」

「ボクシングを辞めてからは、両親はずっと俺に家を継げってうるさかった。長年続いている店を潰《つぶ》したくないって。でもそんなのはお前らの勝手だろって、俺は逃げ続けてた」

そこで花田は何かを感じ取ったようだ。健太郎も、花田と同じそれを読みとっていた。

「長崎、お前」

長崎は、深く頷《うなず》いた。

「近頃、母ちゃんの具合がよくないって、この前、親父から電話がありました。偶然なのか何なのか分からないけど、その次の日に荻原の母ちゃんがここにきたもんだから」

長崎の声は段々尻窄《しりすぼ》みになっていく。

「俺、真剣に考えちゃって」

長崎でも、その先はさすがに言いづらそうだった。背中から彼の申し訳なさそうな気持ちが伝わってくる。

長崎は決心したようだった。作業着のポケットから白い封筒を取りだした。それが何なのか、容易に想像がついた。

「ここを辞めさせてください。俺、親不孝なことばかりしてきたから、一つくらいは親孝行しときたいんです。花田さんには色々お世話になって申し訳ないんですけど、今月一杯で、辞めさせてください」

突然の意思表示だった。

長崎が、『何でも屋』からいなくなる。

彼の丸い背中を見つめる健太郎は、声をなくしていた。

EPISODE 5

最後の仕事

陰鬱《いんうつ》になるほど、雨は降り続いた。

これで五日連続の雨だ。特にこの日は大降りだった。嵐と言ってもいいくらいだ。強風にのった雨粒が、まるで攻撃してきているかのように、事務所の窓にバチバチと当たる。遠くの空が微《かす》かに光ると、事務所にまで雷の落ちる音が聞こえた。デスクワークをしていた健太郎は、ボールペンを持つ右手を止めた。仕事が暇で良かったと心底思った。昨日の忙しさが嘘のようだった。今日は午後四時を過ぎても、依頼はゼロだった。この様子だと、依頼のないまま一日が終わりそうだ。

今年の梅雨は、例年よりも少し早くやってきた。だからといって例年よりも早く梅雨が過ぎ去るわけではないらしい。気象庁の発表によると、七月の二十日あたりまでは続くのだそうだ。天気予報を見て健太郎は憂鬱になり、苛立《いらだ》ちさえおぼえた。

彼は梅雨の時期が大嫌いだった。気まぐれな空のせいで毎日傘を持ち歩くことになるし、風が強い日には服がビショビショになる。それに、ジメジメとした湿気のせいで髪型がうまく決まらない。くせ毛なので尚更だ。

忌々しい梅雨め、と思う一方で、もうこんな時期なんだな、とぼんやり考える自分がいた。

長崎が仕事を辞めて二ヶ月以上が経った。今頃きっと、茨城の実家で家業を継ぐための修行をしているに違いない。そう分かってはいても、今にも事務所の扉が開き、長崎が疲労感たっぷりの顔で仕事から帰ってくるような気がしてならない。

長崎が退職したのは勿論《もちろん》頭では理解しているのだが、実感が湧かなかった。しかしそれは当たり前のことだった。

三月三十一日。長崎にとって何でも屋最後の日は嘘のように忙しく、長崎が今日で最後なんだ、と考える暇もなく一日は終わった。

この後、送別会をやろうと提案したのは花田だった。長年、長崎と一緒に仕事をしてきた花田にとっては寂しいものがあっただろうが、花田は最後まで明るくつとめた。また、理由が理由なので長崎を引き留めることはしなかった。笑顔で送り出してやろうと心に決めていたのだろう。しかし長崎にはあまり元気がないように見えた。最初は、長崎も花田と同じ気持ちなのだろうと思っていたのだが、どうやらそうではないようだった。

店を出て別れる際、長崎は花田に対し、色々お世話になりました、の一言で挨拶《あいさつ》を済ませた。大熊にも、クマ元気でな、の一言だったし、自分にも、これから頑張れよ、と短いものだった。健太郎にはそれらの言葉が事務的に聞こえた。意外にも薄情な人だなとさえ思った。

長崎はまるで人が変わったようだった。結局その後も長崎はあまり喋《しゃべ》ろうとはせず、花田に頭を下げて去っていった。三人と接するのを避けているようにも感じた。だがそれは間違いではないようだった。二ヶ月以上が経っても、長崎からの連絡は一切ない。仲間だと思っていたのは自分だけだったのかなと思うと寂しい気分になった。

四月一日から事務所の雰囲気はガラリと変わった。ムードメーカーがいなくなったため、事務所内はお通夜のように静かになった。不思議と、休憩室で毎日のように繰り広げられていた賭《か》けトランプも、勿論麻雀《マージャン》もやらなくなった。

変わったのはそれだけではない。一日から健太郎は正社員となった。母の許しを得た彼は、正社員になる決意をしたのだった。手紙を読んだあの夜、健太郎は実家に電話をした。母ちゃん、と声を出すと、母は優しく対応してくれた。健太郎が改めて謝ると母は、手紙に書かれてあった通り、ただ一言、頑張りなさいと言ってくれた。健太郎は、夏休みにはそっちに帰るからと約束して電話を切ったのだった。

ただ、正社員になったからといって一日の流れはバイト時代と同じだ。強いていえば歩合が少し変わったくらいだが、相変わらず依頼は少ないので、大幅に給料が上がることはない。

更にもう一つ、四月に入ってから変わったことがある。大熊だ。

健太郎は大熊が気がかりだった。いや、気がかりと言うほど大袈裟《おおげさ》なものではない。今も大熊は向かいのイスに座り、のほほんとマンガを読んでいる。元々口数は少ないし、感情を表に出さない人だから、つき合いの短い人間には大熊の多少の変化には気づかないだろうが、一年以上つき合っている健太郎は大熊の微妙な変化を感じとっていた。その原因は明らかに長崎にあった。

長崎がいなくなってから大熊は余計無口になった。寂しそうというよりは、つまらなそうというか、どこか乗り切れない様子だ。無理もない。長い間、ずっと一緒に働いてきた仲間が突然いなくなったのだから。大熊にとって長崎はパートナー的存在だったに違いない。少なくとも健太郎はそう思っていた。あの凸凹コンビを、もう少し傍で見ていたかった。とはいえ長崎にも事情はある。辞めるのは仕方のないことだ。しかし、長崎に一つだけ言いたいことがある。あまり元気のない大熊に連絡してやってほしいと。少し前に大熊に、長崎さんと連絡とってますか？　と聞いたことがある。大熊は、いや全然、と平然と答えたが、強がりにしか聞こえなかった。

結局この日、定刻の五時を過ぎても依頼は入ってこなかった。腕時計を確かめた健太郎はイスを引いて立ち上がり、更衣室に向かおうとした。すると、花田が声をかけてきた。

「おい二人とも、たまには夕飯でも食べに行こうや。奢《おご》ってやるからよ」

花田が夕飯に誘うのは珍しかった。花田なりに、職場を明るくさせようと努力している

のかもしれない。健太郎は、

「ごちそうさまです」

と調子の良い声を出した。

「おいクマ、どうする？　行くか？」

大熊は読んでいた漫画本を閉じて、頷《うなず》いたのだった。


スナック『雫《しずく》』は、何の色気も洒落《しゃれ》っ気もない、常連だけが顔を出すようなこぢんまりとした店だ。しかし店内とは不釣り合いなほど表の看板は煌《きら》びやかな光を放っている。花田にステーキをご馳走《ちそう》してもらった二人は、スナック雫に連れて行かれたのだった。

健太郎が雫に来るのはこれで四回目だ。花田はこの店とは長年のつき合いだそうだ。時代を間違えているんじゃないかとおかしくなるほど派手な服に、化粧の濃いママの案内で三人は店の中心にあるボックス席に通された。他の客が一人もいないので貸し切ったような気分だ。健太郎はカウンターの横にある古いカラオケ機に目をやった。今日も花田の歌謡ショーが行われるのだろう。聞いていないと、いちいち注意してくるので面倒くさいのだ。

店の奥から中沢夏美《なかざわなつみ》がおしぼりとお通しをもってやってきた。彼女はママ自慢のホステスで、ここの看板娘だ。確かにママが絶賛するのは分かる。タレント顔負けの、日本人離れした上品な顔立ちのホステスがいるとなれば客は放っておかないだろう。スタイルだって抜群だ。この店にいるのはもったいないくらいだ。健太郎は彼女に、どうしてこんな地味なスナックで働いているのかと一度聞いたことがあった。あなたなら高級クラブでも一位、二位を争うことができるのではないかと重ねて言った。

健太郎の質問に、夏美は薄く笑って言った。前は六本木のクラブにいたのだが、女同士の争いが激しいし、毎日の営業も気疲れする。それが嫌で六本木を去ったのだそうだ。確かに六本木の方がお金はいいが、こぢんまりとしたスナックの方が働きやすいらしい。

夏美のスリットに思わず目をやっていた健太郎はドキリとした。彼女と目が合ったからだ。

席にやってきた夏美が長崎のことを気にしているのは明らかだった。彼女はいつも長崎と親しそうに話していたので、気にするのは当たり前だった。しかし彼女からそれを口にはしない。隣に座ってきた夏美に健太郎は声をかけた。

「久しぶりですね」

夏美は営業用の笑みを浮かべた。

「三ヶ月ぶりかしら」

「ええ、僕は。花田さんはどうか知らないけど」

「花田さんも久しぶりですよ」

「ふうん。そうなんだ」

「水割りでいいかしら？」

「うん」

夏美はボトルの蓋《ふた》を開け、グラスに酒を注ぐ。彼女が微《かす》かに動く度、香水ではなく石鹸《せっけん》ぽいい香りがした。

「大熊さんも水割りでいいかしら？」

大熊は夏美を一瞥《いちべつ》して頷いた。

「花田さん、私たちも頂いてもいい？」

ママは花田の手に自分の手を重ねて聞いた。

「勿論」

ママは慣れた手つきで酒を作る。全員に酒が回ると、ママと夏美は丁寧にグラスを持った。花田はタバコを灰皿に置き、グラスをかかげた。

「よし、今日もお疲れさん。乾杯！」

乾杯、とママと夏美の声が重なった。健太郎は水割りをちょぴっと口につけてグラスを置いた。彼は酒があまり得意ではなかった。

ブランデーのストレートを豪快に一気飲みした花田は、ぷはっと言ってグラスを置いた。

「いやぁ、今日は仕事が暇でさあ。まいっちまったよ」

「あら、そうなの？」

ママは花田の手を握りしめて言った。

「まあ今日に限ったことじゃないけどな」

「どこも不景気なのね」

健太郎はフォローするように花田に言った。

「でも今日は仕方ないですよ。大雨ですからね」

花田は二杯目に口をつけたあと、小さく舌打ちした。

「こう毎日雨に降られたんじゃ、商売あがったりだよ」

天気だけのせいではないような気もするが、とは口が裂けても言えなかった。

「それより花田さん、随分と久しぶりよね。私、寂しかったのよ」

営業トークに決まっているが、花田はまんざらでもなさそうだった。

「そうかい？　すまないねえ。ちょっと忙しかったもんでね」

花田は、長崎の顔を思い浮かべているに違いなかった。大熊もそうだろう。

花田ばかりに目を向けていたママが不意にこちらに視線を向けた。

「そういえば、長崎さん今日どうしちゃったの？」

その問いは、花田の機嫌のいい顔を固まらせた。花田はグラスをテーブルに置き、深刻そうに言った。

「長崎は、三月一杯で辞めたよ。実家を継がなきゃならなくなったらしくてね。茨城に帰ったんだ」

それを聞き、ママは残念そうな顔を見せた。「あらそう。それは寂しいわね。じゃあ、今は三人で？」

「ああ」

花田は寂しそうな声を出した。しかし彼以上に寂しそうに、いや、ショックを受けているのは意外にも夏美だった。健太郎はその様子にすぐに気がついた。

「どうかしました？」

声をかけると、夏美はポツリと呟《つぶや》いた。

「彼、辞めちゃったんだ」

店内の音楽で聞き取りづらかったが、彼女は確かにそう言った。

「長崎さんと、何か？」

聞くと、夏美は我に返ったように首を振った。

「すみません。何でもないです。気にしないでください」

しかしその言葉が嘘なのは誰にでも分かった。言葉とは裏腹に、夏美は動揺を隠せない様子だ。健太郎は、夏美の目の中を覗《のぞ》いた。長崎と夏美の間には、何か深い事情があるような気がした。健太郎はそれが無性に気になった。

「何かあるんなら、話してくれませんか？　相談ぐらいなら、乗りますよ」

なぜ自分が彼女に親切な心を抱くのか、彼は気づいていた。中沢夏美に興味があるからだ。何か困ったことがあるのなら、助けてやりたいと思った。

「余計なお世話かもしれないけど、僕たちの仕事、知ってますよね？　相談に乗るのは、慣れてるから」

その言葉が夏美の心を動かしたのは事実だった。

「でも」

しかし、なかなか彼女は話してくれない。それでも健太郎は焦《じ》れったい様子は一切見せず、一歩ずつ、彼女の心にある正体の分からないそれに近づいていった。

「長崎さんが、関係しているんですか？」

すると彼女はハッキリと答えた。

「はい」

しかしすぐに迷いを見せた。

「いや、本当はそうでもないかな」

どういうことなのだろうか。先が全く見えなかった。

健太郎は長崎といた頃に時間を戻す。長崎と会話した中で、夏美の名前が出てきたことはあったか。ないはずだった。

もしかしたら彼女なのか？　と疑ってもみたが、それはなさそうだった。長崎と夏美が話している場面は何度か見てきたが、恋人同士という雰囲気ではなさそうだった。彼女だとしたら一度くらいは長崎の口から夏美の名前が出てくるだろう。それ以前に、長崎に彼女はいないはずだった。隠していたのなら話は別だが。

「長崎さんは、夏美さんに何も言わずに？」

夏美は小さく首を動かした。

「ええ。今知りました」

健太郎は一拍置いて、もう一度核心に迫った。

「あの、何があったか教えてもらえませんか？　モヤモヤが残ったままじゃ、気持ち悪いでしょ」

「でも、私と長崎さんの約束だから」

「約束？　約束って、何ですか？」

やはり彼女はそれには答えようとしない。だが明らかなのは、長崎は夏美との約束を放棄して茨城に帰っていったことだ。そんな長崎に健太郎は憤りをおぼえた。

俯《うつむ》く夏美が視界の端に映り、健太郎は穏やかな表情に戻った。

「その約束って、長崎さんにしかできないことかな。僕が代わることできますか？」

意外な言葉だったのか、夏美は弾《はじ》かれたように顔を上げた。そしてもう一度、目を伏せた。

「実は……」

健太郎は息を呑《の》み、その先を待った。しかし結局、彼女からその約束の内容が話されることはなかった。

「やっぱり、あなたに迷惑かけるわけにはいかないわ」

二人の会話の一部始終を聞いていた花田が口を挟んできた。

「荻原、もういいだろう長崎のことは。あいつにも事情があるんだから」

勿論《もちろん》それは理解している。だが、それでは納得がいかなかった。

「花田さん、僕明日《あした》、長崎さんの実家に行きます。実家の住所、教えてください」

健太郎の決意に、花田は面食らった顔をした。

「何言ってんだお前は。酔ってんのか？」

「いいえ。酔ってなんかいません。真剣です。明日は休みなんだから、休日をどう使おうが僕の勝手ですよね」

「勿論そうだ」

「正直、長崎さんには言いたいことがたくさんあるんです。辞めるときは素っ気なかったし、辞めた後は一度も連絡をしてこない。それに、彼女のことだってある。あの人はちゃんとケジメをつけるべきなんですよ」

健太郎の熱い訴えを、花田は鼻で笑った。

「言うじゃねえか。でも残念だな。俺も実は長崎の実家の住所は知らないんだ」

それを知り、健太郎の勢いは一気に落ちた。

「そんな」

しかしすぐには諦《あきら》めなかった。

「だったら分かりました。長崎さんの携帯にかけてみます」

「おいおいやめとけよ」

花田の制止を無視して、健太郎は長崎の電話番号を探し、通話ボタンを押した。だがそれは考えてもいなかった結末に終わった。長崎は携帯電話を解約していたのだった。

携帯から発せられる機械音がこんなにも無情なものに聞こえたのは初めてだった。冷たい風が、心の中を通りすぎていった。

「どうして」

ショックを隠せない健太郎に、花田は寂しそうに言った。

「東京で知り合った人間とは、もう関わりたくないってことなのかな」

健太郎は心の中で長崎に問う。

そうなのかよ長崎さん。俺たちはもう、仲間じゃないのかよ。アンタにとってはただの他人か。この一年間、ほとんどの時間を一緒に過ごしてきた。危険な時もあった。その度に助け合ってきたじゃないか。

ただただ悔しかった。涙が出そうなほどだった。健太郎の握る携帯が、ギシギシ音をたてた。

「まあ、調べられないわけでもない」

花田が言ったのはその直後だった。健太郎は、スッと顔を上げた。

「どうやって調べるんです？」

花田は、グラスを揺らしながら頭の中にある考えを話した。

「あいつを面接した時、緊急連絡先の番号を聞いたことがある。あの番号が、実家の番号なら何とかなるかもな」

健太郎はテーブルに手をついて前に乗り出した。

「お願いします」

花田に頭を下げた健太郎は、大熊に身体を向けた。

「クマさんも、来てくれますか？」

大熊はしばらく考えた後、またしても無言で頷《うなず》いたのだった。

東京は今にも雨が降りそうであったが、茨城の空は何とか保《も》ってくれそうだった。

今朝、花田から連絡があった。長崎の実家の住所が分かったというのだ。健太郎はすぐさまメモ用紙を手に取り、住所を書き留めた。どうやって調べたのかと聞くと、まあいいじゃねえかと、もったいぶった答えを残したまま花田は電話を切った。健太郎はすぐさま大熊に連絡を入れ、長崎の実家の住所が分かったと伝えたのだった。

早朝の電車を乗り継ぎ、茨城に到着した健太郎と大熊は、会話を交わすことなくバスに乗る。大熊と二人きりで出かけるのはこれが初めてかもしれなかった。いつも傍には長崎がいた。彼が輪にいるだけで、明るい雰囲気になる。ヒヤヒヤさせられっぱなしだったが、彼といると胸が弾んだ。健太郎が求めていたスリルを味わわせてくれた。あんな魅力的な人はなかなかいない、そう思っていたのに。陰鬱《いんうつ》な気分で長崎に会いに行くことになるなんて。携帯を解約するほど自分たちとはもう関わりたくないのか。本当にそうなのか。彼には確かめたいこと、そして言ってやりたいことがたくさんある。殴られようが、引くつもりはなかった。

バスに乗ること約二十分、二人は『鶴野《つるの》商店街前』というバス停で降りた。正直、もっと田舎臭い場所なのかなと思っていたが、茨城駅から近いこともあり、町田の商店街とそう変わらぬ賑《にぎ》わいを見せている。驚いたのは、若いカップルが意外に多いこと。歩いていくうちにその理由が分かった。最初は布団屋や米屋や、そういった主婦層に焦点を絞った店が多かったのだが、進んでいくうちに、CDショップや若者向けのディスカウントショップが増えてきたのだ。これなら納得と思う反面、この先に、本当に畳屋があるのか不安になってきた。花田が教えてくれた住所によると長崎畳店は商店街の中にあるようなのだが。

更に先を進むと、ずっと黙っていた大熊が不意に前方を指さした。彼の指の先を辿《たど》った健太郎は、

「ありましたね」

と大熊に顔を向けた。二人は長崎畳店と小さく書かれた看板を目指す。知らず知らずのうちに歩調が速まっていた。

長崎畳店は、外から店の中の全てが見えるほど極々小さな店であった。しかし看板や建物はかなりの年月を重ねてきたオーラがあり、何代続いているのかは不明だが、老舗《しにせ》と呼ばれる畳店かもしれなかった。

健太郎と大熊は、店のガラス越しに中を覗《のぞ》いた。名称は分からないが様々な機械や道具が所狭しと置かれている。

頭にタオルを巻いた作業着の一人の男が、白髪の職人の細かい手の動きに熱中していた。こちらに背を向けているが、それが長崎だと分かった。白髪の職人は父親だろう。しかし今は親子ではないといった雰囲気だ。師匠と弟子、そんな空気を感じる。

健太郎と大熊はしばらくその様子を眺めた。いつもチャラチャラしていた男だったが、真剣に仕事に取り組んでいる姿を見てホッとした。が、健太郎はすぐに自分に言い聞かす。

長崎の様子を見に来たわけではない。

店の戸を開けようと、健太郎は一歩を踏み出した。その気配を感じたのか、長崎がこちらを振り返った。互いの動作が止まる。先に口を開けたのは長崎の方だった。

「クマ……荻原」

長崎は作業をしている父に一言言って、外に出てきた。二人の姿を見た瞬間は心底驚いた様子だったが、彼は合点がいったように、

「花田さん、そういうことか」

と呟《つぶや》いた。健太郎が首を傾げると、長崎は説明してくれた。

「今朝よ、花田さんから電話があって、事務所の掃除をしていたらお前の私物が結構出てきたから送るって言われてよ。俺は捨てていいって言ったんだが、しつこいから住所を教えたんだが」

そこまで聞いて健太郎は納得した。

「お久しぶりです」

軽く挨拶《あいさつ》すると、長崎はばつが悪そうに目を伏せた。

「おう」

「お母さんの具合、どうですか？」

長崎はポケットからタバコを取りだし口にくわえる。だがライターがないようだった。

大熊はそれにすぐに気づき、自分のライターの火をつけた。長崎は手刀を切って礼を言った。「まあ良いとはいえないけど、今は落ち着いてる」

「そうですか。良かった」

「それよりどうしたんだよ。まさかそんなこと聞くためにここまでやってきたのか？」

「お母さんのことも心配してましたけど、今日の本当の目的は」

そこまで言ったところで長崎は茶化してきた。

「おいおいどうした、そんな恐い顔してよ。まさか説教でもされるのかな。勘弁してくれよ。いや、説教されることなんてしてねえけどな」

ふざける長崎に健太郎は真剣に言った。

「説教しにきたんですよ」

一瞬、長崎の表情が停止した。二人の視線が重なり合う。目をそらしたのは長崎だった。彼は健太郎をバカにするように鼻で笑った。

「何だ何だ。いつになく真剣じゃねえか」

真面目に聞こうとしない長崎に健太郎は溜息《ためいき》を吐いた。勿論《もちろん》、今だって長崎を説得する考えに変わりはない。だが彼のこの態度を見て、ここに来たことを後悔している自分もいた。この人に分かってもらえるのだろうか。自信をなくした。

「昨日、花田さんに連れられて雫に行きました」

「雫？　ああ、スナックな」

「夏美さん、長崎さんが黙って茨城に帰ったことに相当なショックを受けてましたよ」

夏美の名前を出した途端、長崎の表情は一変し、そして黙り込んだ。約束を破って茨城に帰ってきたことに申し訳なさを感じている様子だった。

「彼女と交わした約束ってなんですか？」

持っているタバコを思い出したように、長崎はそれをくわえる。その動作は、動揺を隠しているに違いなかった。

「別に、お前には関係ないだろ」

「関係ありません。でも長崎さんは彼女との約束を放棄して実家に帰ってきた。それは事実だ」

長崎の鋭い目が向けられた。

「何が言いてえんだ」

健太郎は一歩も引かなかった。

「男らしくないんじゃないですか？　男だったら、約束を果たしてから帰ってくるべきなんじゃないですか」

その通りだと感じたのか、長崎は俯《うつむ》いてしまった。そんな彼に健太郎は追い打ちをかけるように言った。

「長崎さんにはまだ言いたいことがたくさんあるんです。辞める当日、みんなが温かく送り出してやろうとしてるのに素っ気ない態度は取る。それだけじゃない。どうして携帯を解約する時、連絡くれないんですか？　東京の人間とはかかわりたくないってことですか？　そんなの寂しいじゃないですか」

健太郎がそう訴えかけると、長崎はそっと大熊に目をやった。大熊の目は、長崎の瞳《ひとみ》をしっかりと見つめていた。

長崎はタバコを地面に捨て、溜めていた息を全て吐き出した。

「それを言われると、俺も辛《つら》いな」

「どういうことですか？」

その先はあまり喋《しゃべ》りたくなさそうだが、健太郎を納得させるには仕方ないというように、長崎は口を開いた。

「正直、何でも屋にはまだ未練がある。お前らと一緒にやっていきたいよ。でも俺は決意したんだ。家を継ぐってな。だから、わざと冷たい態度を見せたんだ。お前らとバカ騒ぎしたら、帰りたくなくなっちまう。お前らの話を聞いたら、また何でも屋に戻りたくなっちまうだろ。だから俺はその思いを断ち切ろうと思ってよ」

意外な告白だった。健太郎の胸には、熱いものがこみ上げていた。同時に、自分はバカだと思った。こんなにも自分たちを思ってくれている人を疑ったのだ。

「そうだったんですか。でもそれは寂しすぎますよ。たまには遊んだり、飲みに行ったりしたいですよ。だって仲間じゃないですか。ねえ、大熊さん」

大熊は、気持ちを込めて頷《うなず》いた。

「ありがとな。でも、夏美の件は言い訳できねえ。俺はケジメもつけずにここに帰ってきた。お前の言うとおりだ」

「一体何があったっていうんですか。深刻な問題ですか？」

「夏美にとってはな」

「というと？」

長崎は二本目を口にくわえ、大熊から火を貰《もら》った。そして事情を語り始めた。

「夏美は今、ストーカーに困っていてよ」

「ストーカー？」

思わず声が大きくなってしまった。周辺にいた人間が不思議そうに健太郎を見る。

「ああ。て言っても、何の危害も加えてきてない。元々は客だったんだが、携帯電話にはしつこく連絡してくるし、マンションの前で待ち伏せしてるらしくて、しつこくデートに誘われるらしいんだ」

健太郎は顔の見えないその男に怒りを込めて言った。

「立派なストーカーですよ」

「前から相談されててよ、実は一年ほど前に、そいつに直接言ってやったんだ。夏美にはもう近づくなって。しばらくはそいつも大人しくしてたんだが、また最近になって連絡してくるようになったらしい。だから今度こそ助けてやるって約束したんだよ。全くどうしようもねえ男だよ。そいつ、もう三十過ぎてんだぜ。ホステスのケツ追っかけてる場合かよ」

「彼女、長崎さんに助けてやるって言われて相当心強かったんですよ。もしかしたら、彼女は長崎さんのことが好きなんじゃないですか？」

タバコを口にもっていった長崎の動きが止まった。

健太郎は自分で自分を惨めにさせていた。

だがそれは間違いないと確信していた。長崎が黙って茨城に帰ったと知った彼女の衝撃は相当なものだった。ただ約束を放棄されただけで、あそこまでショックを受けるだろうか。あの顔には、他の理由が含まれていた。言ってしまえば、長崎がいなくたって頼れる人間はたくさんいる。彼女は長崎に助けてほしかったのだ。

夏美のことを考えている長崎に健太郎は言った。

「長崎さん、行きましょう。彼女を助けてあげましょう。僕たちも、お手伝いしますから」

「荻原」

次に長崎は大熊に視線を向けた。

「クマ」

彼はしばらく考えた後、決心したように顔を上げた。

「分かった。それがケジメってもんだからな」

長崎はそう言って店の中に戻り、二階で着替えを済ませ、作業している父に言った。

「親父、何でも屋での最後の仕事、済ませてくる」


六月の天気は気まぐれだ。朝出るときはどんよりとした曇り空だったのに、いつしか空は晴れ渡っていた。

休日の高速は予想通り混んでいた。長崎家の軽自動車で四時間以上かけて町田に戻ってきた三人は、事務所が入っている雑居ビルで車をおりた。階段を上る長崎は、事務所の前で足を止めた。何でも屋を去ってまだ二ヶ月だが、彼は懐かしそうに薄汚れた扉を見つめる。何でも屋での様々な出来事を思い返しているのだろう。

「まさか帰ってくるなんてな」

彼はそう言って扉を開けた。社長席には、作業着を着た花田が腕を組んで座っていた。

これから長崎と一緒に東京に戻る。花田にそう伝えると、花田は事務所を開けて待っている、と言ってくれたのだった。

花田はやっと着いたかというように絡ませていた腕をほどき立ち上がった。そして快く長崎を迎えた。

「お帰り。待ってたよ」

長崎は深々と頭を下げた。

「ご無沙汰《ぶさた》してます」

花田は、堅苦しい挨拶《あいさつ》は抜きにしようというように長崎の肩をポンポンと叩《たた》いた。顔を上げた長崎はもう一度頭を下げた。

「これまで何の連絡もせず、すみませんでした。それどころか」

「もういいじゃないか」

花田は長崎の頭を少し乱暴に撫《な》でた。

「お前の気持ちは分かってるから」

花田から温かい言葉をもらった長崎はしばらく顔を上げなかった。皆に見られたくなかったのだろう。許してもらえたことに安堵《あんど》し、そして仲間の良さを実感しているに違いなかった。

「それより長崎、荻原に一本取られたみたいだな」

からかうように花田が言うと、長崎はいつもの表情に戻った。

「全くっすよ。少し見ないうちに随分と生意気になったものです」

胸をチクリと刺された健太郎は口をへの字に曲げた。

「すみません」

「でもまあ、最初の頃に比べると男らしくなったというか、頼もしくなったというか、こいつも成長しましたよ」

まさか長崎から褒められるとは思ってもいなかった。健太郎はそれが純粋に嬉《うれ》しかった。

花田は早速話の本題に入った。

「俺も全く知らなかったんだが、夏美ちゃん大変みたいだな」

「はい。助けてやるって約束したのに、ダメな男っすね俺は」

「そんなことはないさ。これから彼女の所へ行って安心させてやろう」

「はい。そのストーカーにガツンと言って二度と近づけないようにしてやりますよ」

「大丈夫か？」

「ええ。目一杯脅せばもう近づかないでしょ」

「そうだな」

「じゃあ早速行くか。クマ、荻原」

「ちょっと待て長崎。今日は俺も行くぞ。お前の最後の仕事だからな。それと、これ着ていけ」

花田はそう言って足下にある袋から作業着を取りだし長崎に渡した。作業着を受け取った長崎は懐かしそうに、ありがたそうに、それを胸に押し当てたのだった。

今回の仕事は、決して安全とは言えない。しかし花田も大熊も、生き生きとした表情をしていた。特に大熊の目は嬉しそうであった。何も語ることはないし、あまり長崎の方に目はやらないが、彼と一緒にいる時間を大切にしているようだった。無論、健太郎も二人と同じ気持ちだった。長崎がいるだけで明るい気持ちになる。気分が盛り上がる。

ふと、一年前の記憶が蘇《よみがえ》った。ゴミ屋敷や麻薬を運ぶ依頼では随分と無茶した。その隣にはいつも長崎がいた。はらはらの連続だったが、本当にいい想い出になった。これが長崎との最後の仕事と思うと寂しいが、そんな表情は見せず、自分もこの時間を楽しもうと思う。

中沢夏美が一人で住むマンションまで運転すると言い出したのは花田だった。何か自分も長崎の力になりたいという気持ちが伝わってきた。

花田はハンドルを回しながら長崎に聞いた。

「どうだ？　仕事の方は慣れてきたか？」

「正直大変すよ。この年から始めるのは。でも、もう逃げません。畳の仕事を極めます」

偉いぞ、というように花田は頷いた。

「そっちはどうすか？　忙しいすか？」

長崎の質問に花田は顔を顰《しか》めた。

「そんな訳ないだろう。相変わらず暇だよ。嫌になっちゃうよ全く」

「大丈夫すよ。これからどんどん依頼が入ってきますって」

「ありがとよ」

二人のやり取りを微笑みながら聞く健太郎は、『中央林間駅』と書かれた標識に目をやった。

「ここらへんです」

長崎は言った。そして花田に細かい指示を出していく。駅を通り過ぎた車は住宅地に入った。一戸建てはほとんどなく、マンションやアパートばかりが建っている地区だった。

その中でも目を引くマンションに長崎は指を差した。

「あそこが夏美のマンションです」

彼女は一人暮らしだと聞いていたので、てっきりワンルームマンションとばかり思っていたのだが、長崎が示したマンションは健太郎のイメージとは真逆のものだった。焦げ茶色を基調とした建物を下から数えると七階まであり、一階にはコンビニと、歯科医院まで入っている。一人暮らしの夏美にはもったいないのではないだろうか。それ以前に、ホステスはそんなに儲《もう》かる仕事なのだろうか。

「おいおい随分と立派なマンションだな」

花田も健太郎と同じ感想だった。

「どうやら実家から少し仕送りをもらってるみたいですからね」

それを聞いて健太郎は納得した。

「なるほど。そういうことですか」

長崎は車のドアを開けた。

「夏美を呼んできます」

健太郎と大熊も車から外に出た。

「僕たちも行きますよ」

「いいよ、呼んでくるだけなんだから」

「そんな冷たいこと言わないでくださいよ。少しでも力になりたいんですよ」

「力ってお前、ただついてくるだけじゃねえか」

健太郎は舌をペロリと出した。

「それに、マンションの中に入ってみたいんで」

健太郎のつまらない興味に長崎は溜息《ためいき》を吐き、スタスタとマンションに向かっていった。

「俺はここで待ってるから」

そう言った花田に健太郎は返事をして、長崎についていった。

一階の一番奥の部屋、108号室の扉がゆっくりと開いた。中から顔を出した夏美は長崎の姿に心底驚いた表情を見せた。信じられない、というように固まっているが、目の奥は光り輝いていた。しかしすぐに気まずそうに顔を伏せた。夏美は、長崎が黙って実家に帰ったことを気にしているに違いなかった。自分が思っているほど、長崎は私に目を向けてはくれていなかった。だから、この人には頼ってはいけないんだと、そんな思いが伝わってきた。

俯《うつむ》いていた夏美は、決心したように顔を上げた。

「長崎さん、どうしたの一体。こんなところまで」

店にいる時の彼女の声とはまるで別物だった。夏美は長崎を突き放すように言った。その言葉は長崎の心にグサリと突き刺さったようだった。長崎はきつく目蓋《まぶた》を閉じた。

「悪かったな夏美。お前との約束も果たさずに、黙って実家に帰ってよ」

恋人同士が交わすような会話だった。彼女の気持ちは明らかだが、長崎の心はどうなのか。ただ単に後輩の説得に負けて来ただけか。それとも。

「いいわよ。別に」

夏美は言った。ただの強がりにしか聞こえなかった。長崎は頭を振った。

「よくねえよ。これからそのストーカーに会いに行く。番号知ってるだろ？　今度こそお前に二度と近づけないようにしてやるからよ」

本当は嬉しいに違いない。だが夏美は表情には出さない。

「それとも、迷惑かな」

長崎が聞くと、夏美は一拍置いて首を振り、

「ありがとう」

と呟《つぶや》いた。そして、小さく言った。

「中、入って。お茶出すから」

長崎はすぐにそれを断った。

「いや、花田さんを待たせてんだ。それにお前だって、もうそろそろ出勤だろ」

彼女の姿を見ればそれは容易に想像がつく。水商売用の派手目なメイクに一束一束丁寧に巻かれた髪の毛。

「分かった。じゃあ少し待ってて。用意してくるから」

「ああ」

扉が閉まると長崎は一息吐いた。彼は今どんな心境なのだろうか。少なくとも話しかけられるような雰囲気ではなかった。

数分後、ブランドバッグを片手に夏美が出てきた。鍵《かぎ》を掛けた後、夏美は神妙な面もちで健太郎と大熊に頭を下げた。

「すみません。私のためにお二人にまでご迷惑をかけて」

「いえ。いいんですよ。気にしないでください」

「じゃあ行こう。車に戻って、そいつに連絡するぞ」

長崎は落ち着いた様子で言った。しかし多少の緊張はあるに違いない。健太郎と大熊の表情も緊張の色に変わる。夏美は迷いを吹っ切るように口元を強く結び頷《うなず》いた。

夏美を先頭に、四人はマンションの出入り口に足を進めていく。

廊下の中間地点に来た時、四人に西日がさした。夏美は額に手を当て歩いていく。

彼女が足を止めたのは、眩《まぶ》しさのせいではなかった。

突如四人の前に、男のシルエットが現れた。夏美は不審そうに目を曇らせた後、その正体を知ったのであろう、足を震わせ後ずさった。

シルエットはゆっくりとこちらに近づいてくる。やがて、健太郎たちの瞳《ひとみ》にも男の顔がハッキリと映った。

冴《さ》えない男だった。耳まで伸びた髪の毛はボサボサに乱れきっているし、瞳には輝きがなく、どこかおどおどとしている。口元や頬に生えている無精ひげが何とも汚らしく、不気味にすら感じた。それ以上に気持ち悪いのは、だらしなく垂れた腹と、額や首筋を流れる大量の汗。荒い息づかいも気色悪かった。男は百三十キロ以上はあると思われる巨漢だった。

夏美の様子を見て、健太郎と大熊の予想は一致した。夏美の前に出た長崎が、男に言った。

「てめえから現れるとはな。全く馬鹿な奴だぜ」

男は決して長崎の方は見ない。男の瞳には夏美しか映っていないようだった。

「どういうことだ夏美？　まだコイツとつき合ってんのか？」

まるで恋人に対して言う台詞《せりふ》だ。

長崎の背中に隠れた夏美は、長崎の着ている洋服を力強く摑《つか》み、ギュッと目蓋を閉じた。

「夏美は俺のものだよ」

本心かどうか定かではないが、長崎がそう宣言すると、夏美の震えがピタリと止まった。

ハッと目を開け、長崎の後ろ姿を見つめる。

男は激しく動揺している様子だ。視線が定まらなくなり、身体が小刻みに揺れだした。

「嘘だ。夏美は俺の女だ。そうだよな？　夏美」

男と目が合った夏美は、おぞましいものでも見てしまったかのように、再び長崎の背にスッと隠れた。長崎は鼻を鳴らし嘲《あざけ》った。

「前も言ったろ。てめえみたいなブタ野郎に夏美が惚《ほ》れるわけねえだろが。さっさと消えろこのブタ！　二度と夏美の前に現れるんじゃねえぞ。いいな？　分かったら帰れ。次現れたら、マジでぶっ殺してやるからな」

男の鋭い目が、初めて長崎に向けられた。しかし長崎は怯《ひる》む様子はなく、むしろ更に男を挑発した。

「何だブタ。やるのか？　ええ？」

長崎は手のひらをクイクイと曲げ、ファイティングポーズを取った。

「ちょっと長崎さん。言い過ぎですよ」

健太郎は長崎の耳元で注意するが、彼の挑発は収まらなかった。

「どうしたブタ。こねえならこっちから行くぞ」

男の様子がおかしくなり始めているのは明らかだった。鼻息は更に荒くなり、顔がどんどん赤く変色していく。今にも頭が爆発してしまいそうなほどであった。

男の瞳が、不気味な光を放った。

男は口を開いたがほとんど声にはなってはいなかった。しかしその口がどう動いたのか、それを認識した健太郎の背筋が凍りついた。

殺してやる。

男は腰元から中華包丁を取りだしたのだ。強い西日が、包丁の刃先を鋭く光らせた。夏美はあまりの恐怖に声も出せず、今にも倒れてしまいそうであった。さすがの長崎と大熊も後ずさる。健太郎は金縛りにあってしまった。

「ぶっ殺してやる！」

男の咆哮《ほうこう》が、マンション内に響き渡った。と同時に、こちらに向かって突進してきた。

四人は咄嗟《とっさ》に振り返り全力で走る。しかし出口とは反対方向。ただ行き止まりではないのが幸いだった。四人は階段を駆けのぼる。誰も男を説得する余裕なんてなかった。とにかく階段を駆け上がった。

五階まで一気に来ると、息切れしたのか長崎が突然足を止めた。健太郎は自分の勢いを止めることができず長崎の背中にぶつかった。彼は長崎の腰を強く押しながら言った。

「どうしたんすか！　ヤバイすよ逃げないと。あいつマジっすよ」

しかし長崎は呼吸を荒らげながら健太郎の力に逆らった。

「やっぱ逃げちゃダメだろ。刃物にビビってどうすんだよ。あんな奴ぶっ殺してやるよ！離せ！」

そう言って長崎は階段を下がり始めたのだ。健太郎と大熊は慌てて長崎を押し戻す。

「ダメっすよ！　殺されたらどうするんですか！」

興奮状態の長崎を止めるのは一苦労だった。揉《も》めてる間にもあの巨漢が迫ってきている。立ち止まっている場合ではないのだ。しかし男は一向に現れない。階段の音すら聞こえないのだ。追いつくには十分な時間があったはずだ。それとも追いかけている最中、自分の行動が恐ろしくなりマンションを去ったのか。だがそれは考えにくい。男はそれほど激昂《げっこう》していた。こんな短時間で冷静になれるだろうか。勿論《もちろん》、冷静になってくれたのならありがたいが。

不自然すぎるほど、周囲は静まり返っていた。どこから現れるか分からない男に夏美は怯《おび》えきっている。

「あっちの階段から降りましょう」

夏美は反対方向にある階段を指さして言った。健太郎たちは後ろに注意を払いながら廊下を歩き、階段に辿《たど》り着く。

「警察に連絡した方がいいんじゃないですか」

健太郎の提案に夏美はすぐに頷いた。

「そうですね」

携帯を取りだした夏美は、汗ばんだ指でボタンを押していく。

その夏美の指が、止まった。彼女の目は、四階から音もなくやって来る影に向けられていた。やがて、男が姿を現した。奴はこちらの行動を読んでいたのだ。殺してやる。そう言って男は包丁を振り上げた。

「逃げて！」

健太郎は大声で三人に言った。最初に上ってきた階段に戻って下に行けばマンションから出られる。そのはずだった。しかしタイミングが悪いことに、二台のベビーカーを押した夫婦がこちらに向かってやってくるのだ。自分たちが今いるすぐ横に、エレベーターがあることを健太郎は今更ながら知った。

仕方なく四人は六階、そして最上階と上がっていく。下の方から、先ほどの夫婦が発したと思われる悲鳴が聞こえてきた。赤ん坊たちの泣き声も重なった。

「あのブタ野郎！」

立ち止まった長崎がまたヒヤヒヤとする行動に出た。廊下に置かれた消火器を手に持ち、黄色いピンを抜き、下から上がってくると思われる男を待ち伏せた。

「勝手に使っちゃマズイんじゃないですか？」

健太郎は言った。長崎は煩わしそうな目をこちらに向けた。

「うるせえ！　そんなこと言ってる場合か！」

「確かにそうですけど」

長崎は消火器を構えた。男が階段を上ってくる気配があるからだ。

間もなく、男が最上階に辿り着いた。と同時に長崎は有無を言わさず消火器のレバーを引いた。すると白い粉が一気に噴射された。周囲は忽《たちま》ち煙に包まれた。健太郎たちは激しくむせる。粉を浴びた男は怒り狂った動物のように暴れ回った。

粉が噴出されたのはほんの数秒程度だった。長崎は空になった消火器を、

「死ねブタ！」

と言って暴れる男目がけて投げつけた。それが男の頭に直撃すると、男は廊下に倒れ、ピクリとも動かなくなった。

段々と煙は晴れていき、やがて視界が確保された。真っ白く染まった男の額からは、血が流れていた。結構な量が流れていたので、さすがの長崎も怖《お》じ気づいたようだ。男に近づき声をかける。

「お、おい。大丈夫か？」

しかし何の反応もない。

「まさか、死んだんじゃ」

と健太郎が言うと、長崎の顔は引きつった。「死んだとしても正当防衛だよ」

男を怖々と見つめる夏美は、

「息はしているようだけど」

と言った。その言葉に長崎は安心したようだ。もう一度男に近づき、肩を揺らした。

「おーい。起きろ。大丈夫か？」

男の様子を心配そうに眺める健太郎は思わず悲鳴を上げた。死んだ人間が生き返ったかのように、男の目が大きく見開かれたのだ。

男は、頭を抱えながら起きあがろうとする。

化け物を見ているようだった。四人はジリジリと後ずさる。ふらつきながらも立ち上がった男は、長崎に獰猛《どうもう》な目を向けた。そして獣の如く吠《ほ》えた。

「ぶっ殺してやるからな！」

男は、中華包丁を壁にがつがつと叩《たた》きつけた。一歩、二歩と男は迫ってくる。男が一歩を踏みしめる度、廊下が微《かす》かに揺れた。

奴は完全に我を失っている。長崎が、最後の糸を切ってしまったのだ。

逃げるべきはずなのに、混乱する健太郎は振り返ることすらできなかった。体内の血が、冷えていくのが分かった。

「何やってんだ荻原！」

健太郎は長崎に引きずられてその場を何とか回避する。四人は最初に上った階段に辿り着いた。

男は頭を抱え、ふらつきながらやってくる。さすがに走る力はないようだった。

「お前らは逃げろ」

言ったのは長崎だった。

「何言ってるんですか！　どういう意味ですかそれ」

長崎は健太郎をキッと睨《にら》み付けた。

「あんな危ない奴がマンションから出たらどうなる。獣を外に放り出すようなもんだ。関係ない人間が怪我したらどうする」

「確かにそうですけど、じゃあどうするんですか」

長崎は、目の前にある低い柵《さく》に目をやった。この先はどうやら屋上のようだ。

「俺が屋上におびき寄せる。俺がどうにかするよ。奴の狙いは俺一人だからな」

それを聞き健太郎は迷わず言った。

「それなら僕も行きます。あんな奴と一対一になんてさせられませんよ」

「バカ野郎！　お前は夏美を連れて逃げればいいんだよ」

怒声を浴びても健太郎は頑としてきかなかった。真摯《しんし》な目で言った。

「いや僕も一緒に行きます。夏美さんはクマさんに任せます」

二人のやり取りを聞いていた夏美が、何かを迷いながらも、口を開いた。

「私も一緒に行きます。長崎さんから、離れたくない」

彼女はそう言って長崎を強く見つめた。

しかし長崎は首を振った。勿論告白を断るという意味ではなく、ここにいさせるわけにはいかないという意味だ。それ以前に、この状況で彼女のさりげない告白が長崎に伝わったかどうかは微妙だった。

「ダメだ。行け」

「行きません」

「行け！」

「嫌よ！」

そうこうしている間にも男は迫ってきている。長崎は舌打ちして言った。

「どうなっても知らねえぞ」

夏美は、覚悟はできているというように深く頷《うなず》いた。

「ここで逃げたら、今までの私と同じだから」

彼女の決意を受け止めたのか、長崎はそれ以上は何も言わなかった。夏美の手を取り、屋上の方を見上げたのだった。


屋上で待ちかまえる四人の前に、大男の影が現れた。粉まみれの男は赤く染まった頭をおさえながら、まるで壊れかけたロボットのように、ゆらりゆらりと近づいてくる。階段を上りきった時、上唇を浮かせた。

もう逃がさないぞ、という笑みだった。

四人は後ずさらなかった。そんなスペースはもうないのだ。

健太郎は後ろを振り返る。柵が張られているとはいえ、地上を見てゾッとした。額の汗が固まりとなって、こめかみを流れた。

突風が吹くと、夏美の長い髪が激しく躍った。夏美は髪を押さえ、長崎の背後には回らず、むしろ前に出て男に言った。

「永田《ながた》さん。お願いもう止めて」

男は五メートルほど手前で立ち止まり、長崎に中華包丁を向けた。

「撤回しろ。さっき言ったことを撤回しろ！」

長崎は逃げ場のない状況でも、強気の姿勢は崩さなかった。

「撤回も何も、俺の女なんだからどうしようもないだろ」

男は目を潤ませ、夏美を見た。

「嘘だろ夏美？　デタラメだよな？　お前は騙《だま》されてるんだよ。早くこっちへ来るんだ」

夏美は隣にいる長崎に目をやり、

「嘘じゃないわ」

と強く言った。男にとってこれほど残酷な答えはなかったろう。男は脱力し、ガクリと肩を落とした。しかし、包丁までは離さなかった。

「どうしてだよ。俺の営業成績が悪くて会社をリストラされた時、優しい言葉をかけてくれたじゃないか。営業が向いてなかっただけで、違う仕事なら認められるって。俺が会社をクビになったことを話したのはお前だけだった。両親にだって話してないんだ。悩んでる俺を見て、いつでも会いに来てくれって言ってくれたじゃないか。それだけじゃない。俺の誕生日に、ハンカチをくれたじゃないか。俺はあのハンカチ、今でも大事に持ってるんだぞ。なのにどうして！」

こんな状況でなければ、長崎も大熊も今のエピソードを鼻で笑っただろう。

二人は心の中でこう思っているに違いない。夏美はホステスなのだ。営業のつもりで言ったのだ。ハンカチをあげたのだって営業だ。それを真に受けているのだから滑稽《こっけい》だと。

しかし健太郎は違った。心の内でも男を馬鹿にすることはなかった。男とは全く状況が違うが、思い通りに人生が進まなかった、という点では似ている。

「これからお前と二人でやっていこうとしていたのに」

一人勝手に嘆く男に、長崎は言った。

「お前なあ、夏美の気持ちも確かめずに勝手に突っ走ってるだけじゃねえか」

「うるさい！　お前に俺の気持ちなんて分かるか！」

「分かるかよ。分かる訳ないだろ」

挑発に似た言葉を発する長崎を健太郎は止めた。彼はある動きに気がついていた。それを男に気づかれぬよう、長崎に伝えた。

屋上の扉が、静かに開かれていく。現れたのは花田だった。マンション内の異変を感じ、助けにきてくれたのだ。花田の存在に気がついた長崎は急に不自然な態度をとった。

「とにかく、落ち着けよ。俺が悪かった。話し合おうぜ」

しかし男は急にワナワナと震えだした。

「お前だけは許さないぞ。絶対に殺してやるからな！」

男の意識は長崎一人に向けられている。背後から忍び寄る花田には気づく様子もない。

花田は足音を立てぬよう、一歩、また一歩と着実に近寄っていく。距離が縮まっていくにつれ四人の緊張感は高まっていく。しかし決して花田の方には目はやらない。振り返られたら作戦は終了してしまう。四人は怯《おび》えた演技をする。

「とにかく、そんな物騒な物は捨てろって」

長崎が注意を引く。

「う、うるさい！　絶対に殺してやる」

しかし言葉とは裏腹に、男はさらに激しく震えだした。自分がしようとしている行為に迷いが生まれたというよりも、怖《お》じ気づいているといった様子だ。健太郎は男の表情を見て少し安堵《あんど》した。この男は、人なんて殺せない。花田に取り押さえられて終わりだ。しかしまだ気は抜けない。花田はあと三歩のところまで迫っているが、まだ手が届かない。その微妙な距離《じ》が焦れったかった。健太郎は固唾《かたず》を呑《の》んで見守る。緊張に押し潰《つぶ》されぬよう、汗ばんだ拳《こぶし》を握りしめた。

花田の両手が蝶《ちょう》のように大きく開かれた。

今だ！　健太郎は心の中で叫んだ。同時に花田は飛びかかった。

その瞬間、花田の血が赤色に染まった空に飛び散った。四人の誰かの視線に気づいたのか、それとも気配を読みとったのか定かではないが、男が急に振り返ったのだ。その拍子に花田の右腕に刃が当たってしまったのだ。

明らかに事故ではあったが、事故と認識できるほど皆冷静でいられるはずがなかった。

って詰め寄っていた。

「花田さん！」

駆け寄ろうとする健太郎を花田は止めた。「来るな！　危険だ、来ちゃいけない」

男は包丁を持ったまま頭を抱え、花田から離れていく。

「違う。切るつもりなんてなかったんだ。信じてくれ」

責任回避する男に健太郎の怒りが爆発した。男が包丁を持っているのも忘れて、詰め寄っていた。

「いい加減にしろ！　お前のせいで、多くの人間が迷惑してるんだ！　お前が夏美さんにしつこく迫らなければこんなことにはならなかったんだよ！　お前のワガママが、こんな事態を引き起こしたんだ！」

男は、親に怒られている子供のように小さく俯《うつむ》いてしまった。

「甘えるのもいい加減にしろよ。リストラされて辛《つら》かったのは分かる。一人で寂しかったのも分かる。でもそんな人間、いくらでもいる。俺だってその一人だよ」

健太郎がそう言うと、男は意外そうに顔を上げた。

「俺も東京へ来て、ずっと自分の思い通りにはならなかった。大切な人だって失った。でもやっと、自分に合う仕事を見つけられた。仲間にも恵まれて、今は毎日が充実してる。アンタだって頑張ればきっと、明るい将来が待ってる。いい人だって見つかるよ。だから自棄《やけ》になっちゃいけない。今のアンタを見たら、両親は悲しむよ」

健太郎の言葉がよほど心に響いたのか、男はその場に崩れ落ち、子供のようにワンワンと泣きだした。興奮から冷めた健太郎も地面にガクリと落ち、恐かった、と息を吐き出した。下手したら命はなかったかもしれないのだ。男が素直に受け止めてくれて健太郎はホッとした。

男の手から包丁が離れると、花田は右腕をおさえながらそれを拾い上げ、もう大丈夫だというようにかかげた。

四人は急いで花田の元に駆け寄った。

「大丈夫すか花田さん」

心配する長崎に、花田は痛みを堪《こら》えて微笑んだ。

「なに、大丈夫さこれくらい」

「救急車呼びましょう」

夏美が携帯を取ると、花田は携帯に手をやった。

「いいさ。病院へ行くほどでもない。それに救急車なんて呼んだら、あいつだって警察に行くことになるだろ」

「ってことは、見逃してやるつもりですか」

花田は長崎の肩をポンポンと軽く叩《たた》いた。

「この様子なら大丈夫。もう二度と馬鹿なまねはしないだろう。十分頭を冷やしたはずだ」

それを聞いて健太郎は何も言わなかった。花田がそう言うなら、従おうと思った。

健太郎は上着を脱ぎ、何も言わずに花田の腕にそれを巻き付け止血した。

「ありがとよ」

「いえ。事務所に帰ったら、消毒くらいはしましょうね」

「ああ」

言って花田は苦笑した。

「彼、どうします？」

健太郎は男に目を向けて言った。

「放っておけよ。心配してやることなんてねえ」

長崎は冷たく言い放った後、未《ま》だ泣いている男の元に歩み寄った。

「もう二度と夏美には近づくな。次は本当にただじゃおかねえからな」

長崎は男にそう忠告し、表情を崩して花田に言った。

「さあ行きましょう」

「ああ」

大熊は無言で花田に肩を貸した。

「ありがとよクマ」

夏美のマンションを出た五人は、車の方に進んでいく。

「夏美ちゃん、これから仕事だろ？　送って行くから」

花田にそう言われた夏美は困惑の表情を見せた。

「でもこんな時に仕事なんて」

「俺は大丈夫だって。気にしないで」

「運転は僕に任せてください」

健太郎は駆け足で運転席に向かう。

「夏美！」

マンションの駐車場に、長崎の声が響いた。

ドアを開けようとした健太郎は動きを止めた。四人から少し遅れた場所に長崎はいた。

どうやら途中で立ち止まり、何か考え事をしていたらしい。彼に呼ばれた夏美は、振り返る。

「最初は正直、ただ約束を果たすつもりだったけどよ……」

そこまで言って長崎は下を向いてしまった。その先を言いたくても、なかなか言葉が出てこないようだった。いや、どう言おうか迷っているだけだったのかもしれない。

遠回しに伝えるのは自分らしくない、彼はそう思ったのかもしれない。長崎は夏美を真っ直ぐに見つめ、言ったのだった。

「俺と一緒に、畳屋をやってくれ」

健太郎と花田と大熊の三人はポッカリと口を開け顔を見合わせた後、夏美を見た。

夏美は涙を浮かべ、

「はい」

とだけ言ったのだった。


長崎との別れが来たようだった。

健太郎の運転する車が町田駅に着くと、長崎はここで降りると言ったのだった。

健太郎たち三人は、長崎と夏美と向き合った。

「花田さん、マジで大丈夫すか？　あまり無理しないでくださいよ。もう年なんすからね」

長崎にからかわれた花田はフッと笑って言った。

「まだまだ現役よぉ。若いもんに負けてられっか」

花田は斬られた腕をブンブンと回し、いてて、と顔を顰《しか》めた。それを見て夏美はクスクスと笑った。

「ほらほらまた調子に乗る」

花田は長崎の手を払った。

「大丈夫だよ。それより早く行かないと、ママに叱られるぞ」

これから二人で雫に向かい、ママに辞める旨を伝えに行くのだそうだ。ママも寂しがるだろうが、祝福してくれるだろう。

花田は満面の笑みを浮かべて二人に一歩近づいた。

「よかったな長崎、夏美ちゃん。仲良くやってくんだぞ。遠慮なく、いつでも遊びに来ていいんだからな」

花田は決して笑みを崩さなかったが、背中は凄《すご》く寂しそうだった。長崎は深々と頭を下げた。

「花田さん、本当にお世話になりました。最後だってのに、迷惑かけちゃって」

「全くだ。お前といるとろくなことがねえ」

長崎は、長い間パートナー的存在であった大熊に手を差し出した。大熊は長崎の手を強く握りしめた。

「クマも元気でな。必ず連絡するからよ。近いうち飲みに行こうや。それとあんまり無茶するなよ。お前は恐いもの知らずだからな」

大熊は大きく頷《うなず》いた。長崎は、健太郎に視線を移した。

「荻原」

健太郎は姿勢を正し、返事した。

「はい」

長崎は照れくさそうに言った。

「お前にも色々世話になったな。最後の最後にお前に大事なことを教えられるなんてよ、俺もまだまだだな」

長崎は一息吐き、言葉を重ねた。

「まさかお前が一年でこんなに成長するとは思ってなかったよ。これからはお前とクマで何でも屋を引っぱっていくんだ。お前なら大丈夫だ」

「はい。分かりました」

二人は最後に握手した。先に手を離したのは長崎の方だった。

「さて、そろそろ行こうかな」

「長崎、畳の道、極めろよ」

長崎は花田にもう一度頭を下げた。

「ありがとうございます」

「元気で。絶対に連絡くださいよ。もう水くさいことはなしですからね」

健太郎は力を込めて言った。長崎は、ああと頷いた。

「それじゃあ、みんなも元気で」

長崎は三人に手をあげた。夏美は一礼した。今日から恋人となった二人は、紅《あか》く照らされた街に歩いていく。お互い、少し照れながら。

二人の後ろ姿を見守る健太郎の肩を、花田は軽く叩いた。

「残念だったな」

その言葉の意味が理解できなかった健太郎は首を傾げた。

「え？」

花田はニヤニヤと笑った。

「夏美ちゃんだよ。長崎に取られちゃってよ」

そう言われた健太郎は慌てて否定した。

「な、何言ってるんですか。僕は関係ありませんよ」

「またまた。夏美ちゃんに気があったんだろ？　皮肉なもんだな。それなのに愛のキューピッド役になっちまったんだから」

健太郎は自分の顔が紅潮しているのが分かった。言葉では否定できても身体は正直だと思った。

「僕は良かったと思ってますよ」

それは本心だった。残念な気持ちも確かにあるが、祝福の気持ちの方が大きかった。

「いいんだぜ、隠さなくたって」

しつこく絡んでくる花田を無視して健太郎は言った。

「さあさあ車に乗ってください。行きますよ」

「何だ何だ、膨れちゃってよ。可愛いねえ」

運転席に座った健太郎は花田と大熊が乗ったことを確認しエンジンをかけた。バックミラーにはもう二人の姿は映っていない。ハンドルを握った健太郎はアクセルを踏んだ。三人を乗せた車は二人とは反対方向に走っていった。


二週間後の朝、長崎から事務所に手紙が届いた。手紙とは言っても、一枚の便箋《びんせん》にこの前の御礼と新しく買った携帯電話の番号が書かれてあっただけだが。

ただ封筒に入っているのは便箋だけではなかった。二人が仲むつまじく写っているポラロイド写真が同封されていた。白い部分には、結婚するかも？　と冗談っぽく書かれてあった。長崎は口を大きく開けて笑っている。仕事の方も順調にやっているんだろうなと想像できた。

写真を眺める健太郎の耳に、長崎の声が聞こえてきた。

『お前はこの一年で成長した』

健太郎は小さく頭を振った。

自分一人の力で成長したのではない。この何でも屋に入り、様々な人間と出会い、誰もが味わえない多くのことを経験し、そしてその度に学んだ。もしこの仕事を選んでいなかったら、未だ自分は情けない男のまま、無意味な時間を過ごしていたかもしれない。高知に帰っていた可能性だってある。

今思えば、偶然見つけた『何でも屋』の張り紙がターニングポイントとなった。

改めて思う。何でも屋に入って本当に良かったと。ここでは、多くの依頼者が自分を頼ってやってくる。自分が期待にこたえれば、依頼者は満面の笑みを見せてくれる。その瞬間が最高である。だからこれからも、困っている依頼者のために役に立ちたい。希《まれ》に、依頼の最後に何が待ちかまえているか分からない時だってある。でもそれがこの仕事の面白いところだ。

「二人とも、うまくやってるみたいで何よりだな」

健太郎の右隣に立つ花田が写真を見ながら言った。左隣にいる大熊は嬉《うれ》しそうな顔を浮かべている。彼は相変わらず無口だが、長崎と再会して以来生き生きとしている。そのせいか事務所にも明るさが戻った。今は三人となって数的には寂しいが、三人とも良い雰囲気で仕事をしている。

今日もまた、何でも屋での一日が始まろうとしている。

時計に目をやった花田は、パンパンと手を叩《たた》きながら自分の席に戻って言った。

「さあ今日も頑張るぞ。長崎に負けないよう、バリバリ働くぞ」

とは言っても相変わらず暇なのだ。それが悩みの種であった。

健太郎はイスから立ち上がり、花田の元に歩み寄った。そして、最近考えていることを花田に提案した。

「花田さん、依頼がない時間は営業の方に力を注ぎましょう。もっとエリアを広げるんです。今まで以上に宣伝すれば、新規のお客さんも増えると思いますし」

花田は意外そうな顔を見せた。

「ほう。どうした荻原、いつになく熱心じゃないか」

健太郎は自信に溢《あふ》れた顔を見せた。

「僕も正社員ですから」

すると花田は大口を開けて笑った。

「そうだったな。忘れてた忘れてた」

「ちょっと真面目に聞いてくださいよ」

健太郎は口を尖《とが》らせた。花田は手を上げて、

「悪い悪い」

と言った後、真剣な表情で頷いた。

「よし、そうしよう」

「早速今日から動きましょう」

「分かった」

自分の席に戻った健太郎は、もう一度長崎から送られてきた写真を眺め、心の中で彼に約束した。

長崎さんに言われた通り、自分から積極的に動いて、この何でも屋をもっともっと大きくさせていきます。そしていつか、今以上に成長した自分を見せたいと思います。

健太郎はパソコンとプリンタの電源を入れた。営業用のビラを作成するためだ。

と、そこに一本の電話が入った。

こんな早い時間から電話が鳴るなんて珍しいことだが、依頼かもしれなかった。

健太郎はすぐさま受話器を取った。

幸先《さいさき》の良いスタートだった。

彼は満面の笑みで、明るく元気良く言ったのだった。

「はい、ありがとうございます。何でも屋・花田でございます！」

単行本　二〇〇七年五月、角川書店刊

オール

山《やま》田《だ》悠《ゆう》介《すけ》

角川文庫 15997

平成二十一年十一月二十五日　初版発行

発行者―井上伸一郎

発行所―株式会社角川書店
東京都千代田区富士見二―十三―三
電話・編集（〇三）三二三八―八五五五
〒一〇二―八〇七八

発売元―株式会社角川グループパブリッシング
東京都千代田区富士見二―十三―三
電話・営業（〇三）三二三八―八五二一
〒一〇二―八一七七
http://www.kadokawa.co.jp

印刷所―旭印刷　製本所―BBC

装幀者―杉浦康平

定価はカバーに明記してあります。

や 42-6　ISBN978-4-04-379208-5　C0193